喚醒你的英文語感!

Get a Feel for English !

喚醒你的英文語感!

Get a Feel for English !

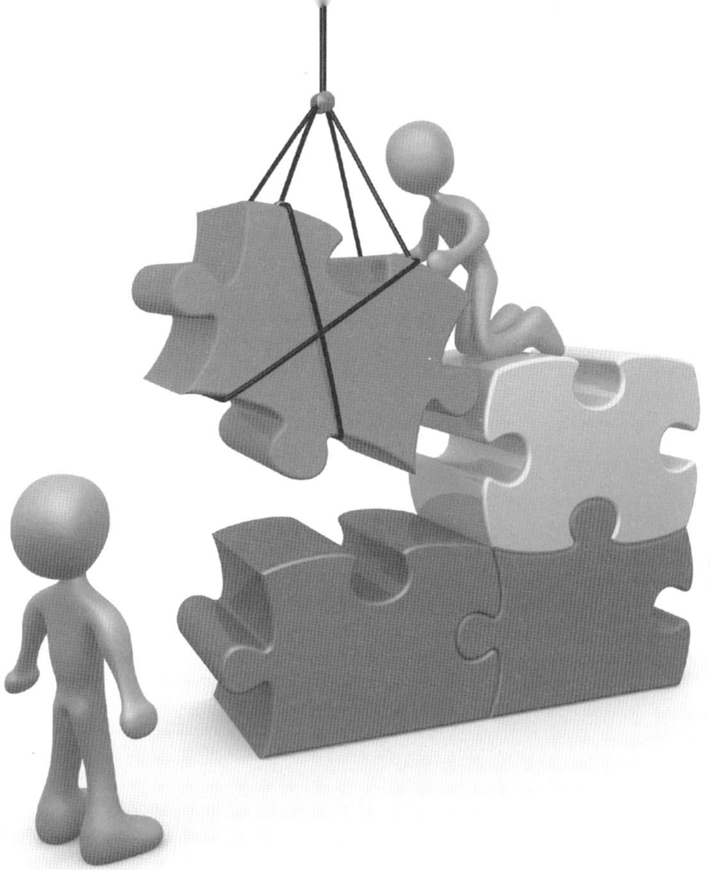

從零開始架構學術論文、報告或研究文章

HOW TO STRUCTURE A THESIS, REPORT OR PAPER

A Guide for Students

Dedicated to my students – past, present and future

All Rights Reserved

Authorised translation from the English language edition published by Routledge, a member of the Taylor & Francis Group

Preface 前言

　　本書旨在提供簡明而實用的指導，幫助學生們在各個學習階段的寫作內容都能更具結構性，並學會以指導教授和審查者易於理解的方式來呈現自己在課程或學位項目中的學習成果。作者憑藉近 20 年的指導經驗，提出一篇結構良好的論文、報告或研究文章的八個主要部分，並討論了其他相關問題。

　　每一章都詳細描述了為何論文、報告或研究文章的各部分要那樣組織，以及它與整篇作品的關係。書中提供大量範例，並重點解析關鍵環節，例如：緒論 (Introduction) 的六個部分及其與結論 (Conclusion) 的關係、如何清晰地表達研究問題與假設 (hypotheses)、參考文獻 (references) 的使用，以及如何使文本更易於閱讀。本書提供的結構能夠靈活應用於學生修習整個學位課程 (degree programme) 中的許多寫作課題，並可透過重新排列或刪除部分內容來進行調整。

　　對於處於高等教育各個階段的學生來說，無論是撰寫第一篇報告或文章，還是撰寫最終論文，本書都是不可或缺的學習資源。它為學生提供了清晰的指導，幫助他們知道什麼時候應該向老師尋求建議，什麼時候可以自主探索以最大化學習效果。它讓撰寫論文、報告或研究文章變得更加簡單！

Contents

1	如何架構一篇論文、報告或研究文章 How to structure a thesis, report or paper	1
2	緒論 The introduction	15
3	文獻綜述 Literature overview	33
4	方法論與方法 Methodology and method	43
5	量化研究：結果和分析 Quantitative investigations: results and analysis	59
6	質性研究：研究發現和討論 Qualitative investigations: findings and discussion	69
7	反思：研究的影響、限制及未來研究方向建議 Reflections: implications, limitations and suggested future research directions	79

8	結論——回顧緒論	87
	The conclusion – and the introduction revisited	
9	引用與參考書目	97
	References and the bibliography	
10	基本要求	105
	Hygiene factors	
11	其他類型的論文、報告與研究文章結構及口頭答辯	115
	Alternative thesis, report and paper structures, and the oral defence	
12	如何架構一篇論文、報告或研究文章	123
	How to structure a thesis, report or paper	
13	完成了！算是吧……	127
	Finished! Sort of…	
14	結語	139
	Epilogue	
	Index	141

CHAPTER 1

How to structure a thesis, report or paper

如何架構一篇論文、報告或研究文章

我在大學教學將近 20 年了，在這段期間，有幸指導了數百名大學部和研究所學生撰寫學士和碩士論文 (bachelor's and master's theses)、實習報告 (internship reports) 以及學期論文 (semester papers)。有件事一直令我感到驚訝，就是其中很少有人被教導過如何結構化地撰寫論文、報告或研究文章。我自己也從未受過這方面的指導，但當我意識到一個簡單的結構能對寫作有什麼幫助時，撰寫論文、報告或研究文章就變得更容易了。不一定更簡單，但確實更容易掌握。

我開始思考如何幫助學生們建立他們的寫作結構——不僅是在我指導他們的期間，也希望在他們完成高等教育、進入職場後仍能受益。起初，我和學生們討論論文、報告和研究文章的各個要素。隨著時間的推移，

DOI: 10.4324/9781003334637-1

我的經驗變得更加豐富，於是我準備了一份文件讓學生和我在首次會面時可以進行討論。當我為大學部學生開設了一門研討課，旨在幫助他們掌握撰寫第一篇學術文章的結構後，幾乎所有學生都表示，他們學到了對整個高等教育生涯乃至未來都非常有幫助的知識。而當我告訴他們我打算撰寫一本關於此主題的書時，他們的反應很明確：越快越好。這本書便應運而生。

　　那麼，為什麼在開始寫作之前，甚至在形成研究問題的初稿之前，先架構好作品的結構是個好主意？首先，這會讓你的寫作更加有條理——不一定更簡單，但更明確易掌握。將作品劃分成較小、較容易掌控的部分，可以讓你專注於特定的主題，比如研究方法或結果。總的來說，寫論文、報告或文章的一個小部分比一下子處理整篇作品要容易一些，因為需要記住的內容較少。

　　寫作過程可以想像成在高速公路上駕駛。你開始寫作時，就像駛上了高速公路，而完成的作品則是你抵達目的地下高速公路的時刻。在高速公路上，有時會出現分岔路口，通往不同的目的地，此時有一張地圖——一個清晰的結構——會非常有用，幫助你判斷應該走哪一條車道才能抵達你的目標。清晰的結構不僅對你有利，對你的指導教授和評分者而言，同樣也會因為這個易於理解且邏輯清晰的結構而受益。

指導教授

好的指導教授能夠體認到每位學生都是獨特的。如果你的班上或學位課程中有 20 名學生,那麼指導教授就必須平衡由 20 個截然不同的人撰寫的 20 份作品,每個人都有不同的背景、不同的優勢和弱點、不同的志向和未來的職業規劃。

我每學期通常要指導 30 名學生,他們撰寫的內容從短期實習報告到碩士論文不等,因此可以想像要掌握所有學生的進度需要耗費大量的時間和精力。如果學生能在每封電子郵件的開頭標明工作項目主題,這會讓我的工作變得輕鬆許多。這是本書給出的第一項建議──你已經學到了一點點可以讓你的指導教授更高興的小技巧!這對你來說是一件好事。

我的指導風格

指導會議的安排會依據你的學校規定和指導教授的偏好而有所不同。有些教授喜歡舉辦小組討論,讓學生互相評論彼此的作品並從交流中獲取靈感。而我通常是採用個別指導,主要是因為學生所提供的訊息常來自商業機構,涉及到保密問題。以下是我指導學生的方式,你的指導教授可能會非常不同,但這是他們在經驗中總結出的有效方法。記住,只有當你和指導教授雙方都感

到舒適時，指導過程才能順利進行。以下是我習慣組織（或者說「建立」）指導流程的方式。

我通常會從相隔一週舉行的兩次面對面會議開始。在第一次會議中，我會和學生討論論文的結構、緒論中需要涵蓋的內容（本書的第2章）、學生認為哪些文獻是相關的（第3章）、合適的方法論和研究方法（第4章）以及他們對其他研究問題的想法。我也會利用這個機會使學生在與我合作時能夠放鬆，讓他們專注於自己的想法，而不會試圖去猜測我想聽什麼。

在第一次會議結束時，我會要求學生在第二次會議之前完成三件事情：(1) 撰寫緒論的初稿；(2) 以要點形式寫下他們對相關文獻、方法論和具體方法的想法；(3) 提出三到四個備選的研究問題。接下來的第二次會議將包含討論緒論、將建議的研究問題合併成一個問題，並在學校的線上資料庫中搜尋相關文獻。這些都會在學生的電腦上完成，以減輕記憶負擔並增加學習效果。基本上，第二次會議的重點是「充實」結構，讓學生明確了解他們應該做什麼，從而順利開始撰寫論文、報告或研究文章。

隨後的會議分為我認為必要的會議和學生自行申請的會議。我偏好兩次初次會議都面對面舉行，但後續會議可以在線上進行，有時甚至只需透過電子郵件解答簡單問題，就能幫助學生繼續完成他們的工作。除了兩

次引導性會議外,我會在學生撰寫文獻綜述部分時、開始研究調查之前,以及準備處理研究結果時再與他們進行會議。

學生也可以在他們覺得需要指導時隨時要求會議,不過如果我認為他們要求的幫助過多,我會拒絕並解釋原因。這是因為我無法記住每篇論文、報告和文章的全部細節(你的指導教授也是如此)。學生知道自己處於寫作的哪個階段,但我只能針對他們具體提出的問題給予回應。換句話說,我並沒有掌握所有資訊,因此我的回答可能適合當下的問題,但不適合整篇論文或報告。當然,如果學生確實需要幫助,我會提供協助,但最好還是先自己嘗試解決。

我幾乎從不閱讀和評論學生撰寫的大段文字。為了鼓勵學生的獨立性,我會請他們記下自己的疑問和不確定之處,然後我們在指導會議中討論這些問題。當然,我並不會直接給他們答案!我會問他們認為答案是什麼。雖然這聽起來奇怪,但這樣做有充分的理由。

可以這樣想:你是完成所有工作的那個人,當你向指導教授解釋問題時,你應該大聲說出問題。此時我通常會問學生,他們認為答案是什麼,而學生會說明自己的想法。透過說出問題和可能的解決方案,十次中有九次答案會自然而然地變得清晰,甚至不需要我的介入。這讓學生們對自己的能力更有信心,也讓他們對自己的

論文、報告或文章有真正的掌控感；畢竟，他們才是這個特定主題的專家。當然，如果學生確實偏離了正軌，我會幫助他們重新回到正確的方向。

這本書不是什麼

本書名為《從零開始架構學術論文、報告或研究文章》，而不是《如何撰寫論文、報告或研究文章》或《論文、報告或研究文章該寫什麼》。不要期待這本書會幫助你解決內容問題、提高分析能力，或成為幫助你獲得高分的萬能法寶。但本書將幫助你奠定這一切的基礎：它將提供一個結構，使你能夠在此基礎上架構論文、報告或研究文章，以展示自己最好的能力。完成每一部分的撰寫對於讓你通過審核有很大幫助，但實際的成績依然取決於你自己的努力。

視情況而定

若問我的學生我最常掛在嘴邊的是哪一句話，他們會回答 "it depends..."（視情況而定）（可能還會笑出聲來！）。或許每個學術問題的答案都是 it depends 似乎有些奇怪，但這兩個字有助於提醒你，在課堂討論或考試壓力下，每個問題都可能有不只一種答案。透過理解這一點，並在論文、報告或研究文章的回答中呈現多

個觀點——事實上，所有考試問題也是如此——你將向指導教授和評分者展現你理解到這個世界並非簡單分明。同時這也會讓你意識到，本書提供的結構僅僅是一個基本結構，你必須依據你正在撰寫的論文、報告或研究文章的類型來調整這個結構。

「平衡」如何影響你的論文、報告或研究文章

我的學生經常問我，每個部分應該包含多少頁。除了讓他們崩潰地聽到我第 100 次回答「嗯，這視情況而定……」之外，我還會向他們解釋關於論文的「平衡」(balance)。平衡不是可以教的東西，因為它取決於你寫的是什麼類型的論文、論文的讀者是誰、對篇幅或內容的限制，還有所屬的學科。平衡只能透過個人經驗學會，需要意識到它的存在並運用常識來掌握。有兩個問題可以幫助你衡量應為論文、報告或研究文章的各個部分分配多少頁數。

第一個問題是：「這篇論文、報告或研究文章的目的是什麼？」例如，若你撰寫的是一篇作為方法課程一部分的學期論文，那麼在論文的方法論 (Methodology) 與方法 (Method) 部分（本書第 4 章）應多加闡述，詳細說明你對所選方法論與方法的思考和考量細節。如果你的學期論文是以實踐為導向 (practitioner-oriented)，那

麼就該在論文的反思 (Reflection) 部分（本書的第 7 章）多寫一些內容，甚至可以寫一個完全獨立的部分，標題為「對實踐者的啟示」，這樣可能會更好。當然，這意味著你將對本書中的學期論文結構進行調整以適應你的需求，但這並不成問題。我會在本書第 11 章更深入地探討論文的不同結構。

第二個你可以問自己的問題是：「我在哪裡展示了我的能力？」換句話說，哪些部分可以展示你在整個學位課程中學到的技能？這個問題對你的畢業論文更為重要，但即便是寫較短的學期論文也可以考慮，這能展現你對學位課程主題的廣泛知識。總之，確保你先回答了問題，但如果你能加入其他概念並解釋其相關性，不要猶豫。若不確定這是否是個好主意，可以請教你的指導教授。

遵循你的直覺

有時候，當其他方法都行不通時，你只需要問自己：「這看起來對嗎？」然後按照直覺行事。這是一種對學術寫作至關重要的批判性思考，這裡將它應用於論文、報告或研究文章的實際結構上。作為學生，既然你已經走到了這一步，說明你已具備許多可以讓你更進一步的技能。即便論文、報告或研究文章的平衡出了錯，也不見得是大問題，重要的是你要了解為什麼會出錯，並且

避免重蹈覆轍。記住，反思哪些做對了、哪些做錯了是你的責任，這同樣適用於你的論文、報告或研究文章的結構。

學習輔助

在本書中，我加入了一些文本範例來說明我所闡述的觀點，並在每一章的結尾附上檢查清單 (Checklist)，列出你需要考慮的事項，以便從本書中獲得最大效益。檢查清單部分列出了一些問題，可以向你的指導教授詢問，還有一些「應該做的事和不該做的事」，這些都將有助於改善你的論文、報告或研究文章的結構，並彙整出我在指導生涯中常見的錯誤。你會發現，每章檢查清單的內容與其他章節的清單之間存在連結。這意味著，在閱讀本書的某一章時，最好回顧一下其他章節的檢查清單，以確保這些連結在你的論文中也很清晰。

文本範例

理解如何架構論文、報告或研究文章是一回事，而實際看到它的應用則是完全不同的體驗。本書中提供了一些文本範例，旨在使書中的解釋更為清晰，這些範例從第 2 章的完整緒論範例到單句例子，都是為了展示結構良好的論文、報告或研究文章應該如何呈現，提醒需要注意的事項，或提供如何組織某個段落的想法。

檢查清單：詢問指導教授

當你寫一篇論文時，你是為了某人而寫的，而在高等教育中，這個人就是你的指導教授以及評分的老師。本書也是基於我對我的學生如何組織論文結構的建議而編寫，因此若你的指導教授對內容或結構有不同的要求，遵循他們的意見會更為明智。書中每一章的「詢問指導教授」檢查清單會著重於論文、報告或文章結構中其他指導教授可能與我意見不一致的部分，或因學科、論文、報告類型不同而可能會有所差異的部分。作為指導教授，若建議了一件事而學生卻做了另一件，這是令人非常沮喪的。因此，請務必與指導教授就清單中的要點進行討論，讓你們對論文、報告或研究文章的結構達成共識。

檢查清單：應該做與不應該做的事項

撰寫論文、報告或研究文章時，你可以做一些事情來讓你的工作更輕鬆（這總是好的）。應該做與不應該做的「注意事項」檢查清單旨在提醒你注意一些會幫助你提升作品品質的小細節。這些事項是針對每章的主題重點而非一般性建議。例如，格式是一個通用因素，會在第 10 章「基本要求」(Hygiene Factors) 中討論，但如何呈現訪談引述則會在第 6 章討論，該章是聚焦於質性研究的發現與討論部分。

檢查清單：常見錯誤

在過去十年裡，我很高興指導過數百名大學生和研究生撰寫論文、報告或研究文章，因此經常看到某些錯誤反覆出現。「常見錯誤」清單將分享我在這方面的經驗，指出常見問題所在，以避免你犯下相同的錯誤。就像我常對學生說的，「只有在你犯第二次的時候，它才算是真正的錯誤。」

通用的論文結構

正如你在下一章會看到的，準確地告訴論文讀者他們將在緒論中讀到什麼非常重要，本書也不例外。每篇論文、報告或研究文章都有一個基本結構，但如果你正在進行實際調查 (actual investigation) 並收集資料 (collecting data)，則結構會因使用質化 (qualitative) 或量化 (quantitative) 方法而有所不同。這些差異體現在本書第 5 章（量化研究）和第 6 章（質性研究）中。

論文、報告或研究文章的基本結構由以下八個部分組成：

1　Introduction 緒論（第 2 章）；
2　Literature Overview 文獻綜述（第 3 章）；
3　Methodology and Method 方法論與方法（第 4 章）；

4 Results 結果（量化，第 5 章）或
   Findings 研究發現（質化，第 6 章）；
5 Analysis 分析（量化，第 5 章）或
   Discussion 討論（質化，第 6 章）；
6 Reflections 反思：限制 (Limitations)、影響 (Implications) 與未來研究方向 (Future Research Directions)（第 7 章）；
7 Conclusion 結論（第 8 章）；
8 Bibliography 參考書目（第 9 章）。

　　前面三個部分（緒論、文獻綜述、方法論與方法）是所有論文、報告和學術文章的共同部分。其後，根據資料收集方法的不同，結構需要有所調整。在我所指導的社會科學領域，資料收集和分析通常會在量化方法和質化方法之間進行選擇，因此我將接下來的兩個部分（報告研究結果或發現，以及在適當的背景下對結果或發現進行分析或討論）分為單獨的章節，以便更清晰地解釋。最後三個部分（反思、結論和參考書目）再次是所有論文、報告和學術文章的共同部分。

　　這八個部分中的每一部分進一步細分為本書各章節中特定的小節。我發現，在開始撰寫正文之前，將所有部分及其小節記錄在文件中是個好方法，因為有了清晰且詳細的結構，寫作過程會感覺像是在「填空」。正

如一位學生告訴我的,只要每個小節都有相關內容,你就有可能通過審核。當然,這並不表示你一定會通過——請記住本書是關於如何結構化論文、報告或研究文章,而不是如何撰寫它們——但這樣做至少為撰寫一篇合格的作品奠定了基礎。

如何使用本書

本書的基本目的是為你提供一個簡單而靈活的結構,用於撰寫論文、報告或研究文章。此外,書中也會介紹撰寫過程中可能遇到的問題、常見的錯誤,並提供一些可以讓你的作品在外觀、內容流暢度,甚至最終評分上略勝一籌的技巧和建議。

通常我會建議你在開始研究和寫作之前先將本書從頭到尾讀一遍,然後在撰寫論文、報告或研究文章的每個部分時,再次閱讀相對應的章節。這樣一來,你可以獲得如何結構化每個部分的建議,同時在心中形成各部分如何組合成一個完整整體的概念。

本書所描述的結構並非適用於所有情況。例如,我沒有提供理論性論文、報告或研究文章的結構,也沒有涵蓋正式文獻回顧的結構;另外,也沒有解釋採用更複雜的資料處理方法——例如紮根理論 (grounded theory) 或混合方法——對作品結構的影響。作為一位商學院的

社會科學學者，我寫這本書主要是針對社會科學和商學院的學生。不過，我已盡量確保無論學科為何，穩固的結構概念都能幫助簡化你的寫作過程。只需省略無關的部分，並運用你的常識——特別是向指導教授請教。有句話說：「聽取所有建議，然後忽略其中的三分之二」——不盲目地遵循所有建議是一項有用的技能，而能在有指導老師的學生時期學習這項技能是再好不過的了。

最後一點……

我希望我的學生在結束與我的指導會議後，能比來參加會議時更愉快。這聽起來或許有些奇怪，但可以這樣想——學生在前來指導會議時可能充滿疑惑，而在會後，這些疑惑將被對自己解決問題的信心所取代。我也希望你在讀完本書後會感到更愉快——並不是因為終於讀完一本枯燥的書讓你鬆了一口氣，而是因為你學到了一些有用的東西，偶爾甚至會有「啊哈！」的頓悟時刻。當然，希望你未來撰寫論文、報告或研究文章會更加順利——不一定更簡單，但更容易掌控。
祝好運！

CHAPTER 2

The introduction

緒論

　　緒論是你撰寫的第一部分（也是最後撰寫的部分，本書最後會再詳細說明這一點）。可以將緒論想像成論文、報告或研究文章背後的故事，並作為閱讀接下來內容的路線圖，明確說明你要專注探討的內容以及不會涉及的內容。因此，緒論非常重要，因為它為指導教授和評分者奠定基調並提供第一印象。本章在此書中是篇幅較長的章節之一，這是有原因的。一旦撰寫好緒論，你就有了一個可以在整個研究和寫作過程中回顧的參考點，這將使你的工作變得更加明確、順利！

　　一篇緒論包含以下六個要素：

- 一個引人入勝的「開場白」(appetiser)；
- 論文、報告或研究文章的目標 (aim)；
- 研究的動機 (motivation)；
- 研究問題 (research question)；

DOI: 10.4324/9781003334637-2

- 研究範圍限制 (delimitations)；
- 論文、報告或研究文章的結構 (structure)。

這些要素在緒論中各自扮演獨特的角色。「開場白」引出文章的背景；目標、動機與研究問題聚焦於文章本身；而研究範圍限制和文章結構則概述了你將探討的內容——更重要的是，哪些內容你並不會涉及。

本章將逐一介紹緒論的這六個要素，並提供範例。在本章的最後，你將看到一個整合所有要素的完整緒論範例。此範例是專為本書設計的，根據我個人的研究領域——政治行銷。

開場白

「開場白」是論文、報告或研究文章中，指導教授和評分者將最先閱讀的內容，正如你所知，第一印象非常重要。「開場白」設定了背景，述說了論文起始的背景故事，目的是引起評分者的興趣，讓他們產生「嗯，我很期待接下來的內容……」的想法。以下是一個「開場白」的範例：

> During the presidency of Donald J. Trump, Trump used his private Twitter account on a daily basis to comment on events in society (Ross and Rivers 2018).

2 · The introduction   17

By using Twitter as the primary communication channel instead of mass media interactions such as press briefings and interviews, Trump was able to use short messages, 'tweets', to bypass the traditional role of the mass media as an interpreter and gatekeeper of political messages (Ott 2017). Much has been written about the impact of social media influencers on consumer behaviour (Vrontis *et al.* 2021); could Trump's use of social media to send messages directly to the electorate have influenced voter behaviour, especially those who voted for the first time at the 2020 presidential election?

在唐納・川普任職總統期間，他每天都使用私人 Twitter 帳號對社會事件發表評論 (Ross and Rivers, 2018)。透過 Twitter 作為主要的溝通管道，而非傳統媒體如新聞發布會和訪談，川普能藉由短消息「推文」來繞過傳統媒體作為政治訊息詮釋者與把關人的角色 (Ott, 2017)。有許多文獻探討社群媒體影響者對消費行為的影響 (Vrontis *et al.,* 2021)；那麼，川普利用社群媒體直接向選民傳遞訊息，是否可能影響了選民行為，尤其是那些在 2020 年總統選舉中首次投票的選民呢？

如你所見，「開場白」從基本資訊開始：有沒有任何歷史背景？有哪些因素在起作用？是否有任何對故事至

關重要的主要角色？基本上，就是在交代背景。此開場範例是基於我自己的研究領域，但其結構也適用於其他領域，尤其是社會科學領域。請注意，此開場白中有參考文獻——雖然大部分的緒論是在展現你對研究領域的理解及你將如何處理問題，但在開場白中加入參考文獻也是不錯的做法，因為它是根據「現實世界」中發生的事實（這些參考文獻將在第 9 章中詳細列出）。一旦你在「開場白」中設定好了背景，就可以透過將一般研究領域與「論文的目標」中的特定問題連結起來，變得更加具體。

論文、報告或研究文章的目標

簡單來說，「目標」就是你透過進行論文、報告或研究文章呈現的研究所希望達成的成果。目標是在「開場白」的基礎上，使其更加具體化——開場白提供了對研究背景的一般性、近似於非正式的介紹，而目標則將其聚焦，提供對將要進行研究的特定領域的描述。以下是一個目標的範例：

> The aim of this paper is to investigate how political messages on social media affect the voting behaviour of the segment of the electorate who are voting for the first time.

本研究的目標是探討社群媒體上的政治訊息如何影響首次投票的選民之投票行為。

目標並非研究問題。兩者的差異在於，目標是對你將在文章中探討的特定領域的描述，而研究問題則是非常具體並以問題形式呈現的內容。你應該已經能看出，緒論是先從描述一般情況開始，然後逐步聚焦，引導讀者了解論文、報告或研究文章中重要的背景部分。在上述範例的目標中，可以得知研究聚焦於社群媒體訊息、選民行為和首次投票者。至於要專注於哪個社群媒體平臺或訊息類型，則會在隨後的研究問題與研究範圍限制中具體說明。

論文、報告或研究文章的撰寫動機

緒論的下一個要素是撰寫動機。動機說明了目標的正當性，並將其放回更廣泛的背景中考量。動機比開場白更具針對性，且並非對過去和現在的故事描述，而是探討研究目標將如何影響未來。以本章的範例來說，動機回答的關鍵問題是「為什麼目標與本研究相關？」以下是一個動機的範例：

> This aim is motivated by a need to understand the impact of social media messages in the political context,

as in the commercial context, social media platforms such as Twitter are having an increasingly important influence over the purchase behaviour of young adults (Chen 2015).

此一目標的動機在於需要了解社群媒體訊息在政治背景下的影響，因為在商業背景下，Twitter 等社群媒體平臺對年輕人的購買行為產生越來越重要的影響（Chen, 2015）。

如你所見，我使用了「此一目標的動機在於……」的句式。這樣表述的原因是為了可以更清晰地區分目標與動機，避免將兩者混淆。你還會發現，我在動機部分引用了一篇文章作為參考，因為研究的目標是你打算要做的事情，而動機則是你將要做的事情（即目標）與更廣泛背景（即開場白）之間的關連。緒論的第四個要素——研究問題——則是將開場白、目標和動機聚焦為一個引導你的研究，並將在結論中解答的核心問題。

研究問題

　　研究問題是整篇論文、報告或研究文章中最重要的一句話。這個問題是引導你研究的核心、是你在論文中建構所有工作的基礎，你也應該能在結論中回答這個問題。研究問題應該簡單且明確。以下是本書中所用範例

論文的研究問題：

> Therefore, the research question of this paper is:
>   'How does Twitter affect voter behaviour?'
>   *Research question RQ1*
>
> 因此，本文的研究問題是：「Twitter 如何影響選民行為？」
>   **研究問題 RQ1**

當我以指導教授的身分查看研究問題 RQ1 時，有幾個詞語告訴我在閱讀這篇文章時該期待什麼。我在 RQ1 的研究問題中劃了底線的詞語具有特殊含義，並對本文產生了影響。首先是 How 這個詞——這表示我會期待這篇文章專注於揭示選民「如何」受到影響，而不是探討選民行為「是否」受到影響。

  我會關注的第二個詞是 Twitter。選擇使用 "Twitter" 而不是「推文」(tweet) 表示這篇文章將探討 Twitter 作為一個組織或交流平臺，而不僅僅是個別推文，因此預期 Twitter 會是本文的焦點。我曾指導過一些學生，他們在研究問題中提到 Twitter，但在正文部分卻包含了一整個關於 Instagram 的章節。學生們用來解釋 Instagram 的篇幅其實可以刪除，並用於加強其他部分的論述。我看到他們寫了 Instagram 的內容後，便採用我一貫的指導方式，直接問：「如果你寫的是 Twitter，那為什麼還有 Instagram 的部分呢？」

在研究問題 RQ1 中，第三個劃線的詞是 voter。這個詞非常廣泛，因為選民可以根據人口特徵、地理位置和政治立場等諸多因素來分組。這就是限制範圍 (delimitations) 發揮作用的地方——稍後會詳細討論。最後一個詞是 behaviour。這個詞表示我預期整篇論文將聚焦於選民的行為，而非例如選民的態度。以本文為例，討論的重點是選民的行動，而不是他們的想法。

了解目標和研究問題之間的區別很重要。首先，研究目標以句子的形式表述，而研究問題則是一個問題。研究目標也比研究問題更為概括，在本章的範例中，研究目標沒有具體提到將調查的社群媒體平臺，但研究問題 RQ1 將讀者的注意力集中在了具體的社群媒體平臺上，即 Twitter。

要提醒的是——在研究問題中，很容易不自覺地試圖提出幾個不同的問題。這通常可以從研究問題中出現的 and 或 or 等詞語看出來。若將研究問題 RQ1 與以下的兩個研究問題 (RQ2 和 RQ3) 進行比較，你就會明白我的意思：

> Therefore, the research question of this paper is: 'How do Twitter and Instagram affect voter behaviour?'
>
> *Research question RQ2*

因此，本文的研究問題是：「Twitter 和 Instagram 如何影響選民行為？」
研究問題 RQ2

在這個例子中，研究問題 RQ2 實際上包含了兩個子問題——第一個子問題詢問的是 Twitter，第二個子問題則針對 Instagram。如果我在審閱根據研究問題 RQ2 的論文，我會預期讀到關於 Twitter 和 Instagram 的內容，這樣一來，這篇文章實際上就成為兩篇研究論文。以下是另一個也包含兩個子問題的研究問題範例：

> Therefore, the research question of this paper is:
> 'How does Twitter affect voter behaviour, and which voters are most important?'
> *Research question RQ3*

因此，本文的研究問題是：「Twitter 如何影響選民行為，以及哪些選民最重要？」
研究問題 RQ3

在這個例子中，研究問題 RQ3 同樣包含了兩個子問題——我會期望讀到選民行為和選民相對重要性的內容，但這將需要進行兩種不同的研究。這也表示研究中將涉及更多的概念，而若論文有字數限制，採用研究問題 RQ3 會導致內容顯得較缺乏深度。

關於次要研究問題的一點說明。到目前為止,都是假設你的論文、報告或研究文章中只有一個研究問題,且整篇作品將專注於此問題。然而,有些指導教授可能會希望你撰寫一些次要研究問題,以展現你理解論文、報告或研究文章各個組成部分,例如文獻綜述中的重要概念或適當的方法和方法論。如果你的指導教授有這方面的要求,請務必加入這些次要研究問題。

若能確定好研究問題,整個研究過程將會比把研究問題設計得過長、過於複雜或過於籠統要順利許多。這並不意味著在撰寫過程初期不能提出一個較籠統的研究問題,因為這可以幫助你了解要調查的內容而不會過早限制自己。透過在緒論的研究範圍限制中描述一個框架,清晰說明你的研究架構、明確指出你要探討的範疇以及不會討論的部分。

研究範圍限制

對於指導教授和評分者而言,了解你將在論文、報告或研究文章中討論的內容非常重要;同樣地,他們也需要知道你不會討論哪些內容。這就是界定研究範圍的重要性。透過清楚地指出你在論文、報告或研究文章中的重點內容,你可以建立一個框架,使指導教授和評分人員在此框架內理解你的論點。然而,他們可能不同意你的研究範圍;例如,他們可能認為有其他理論更適合

解釋你的研究問題,但如果評分者專業到位,他們會根據你明確陳述的內容來給分。不過,如果你的指導教授要求你使用特定的理論或方法而你沒有遵從,那麼就不要期望獲得高分,因為這代表你並未解答預期的問題!

另一個明確界定研究範圍的理由是,研究問題可能會因不同人而有不同的解讀。比較以下兩個研究問題:

> Therefore, the main research question of this paper is: 'How do tweets affect voter behaviour?'
> *Research question RQ4*
> 因此,本文的主要研究問題是:「推文如何影響選民行為?」
> **研究問題 RQ4**

> Therefore, the main research question of this paper is: 'How do messages on social media platforms affect voters?'
> *Research question RQ5*
> 因此,本文的主要研究問題是:「社群媒體平臺上的訊息如何影響選民?」
> **研究問題 RQ5**

研究問題 RQ4 改編自本章開始時的研究問題 RQ1,其中 Twitter 作為組織或溝通平臺 (RQ1) 替換為「推文」(RQ4) 作為溝通媒介。雖然研究問題 RQ5 涵蓋與研究問題 RQ4 完全相同的研究主題,但它更為廣泛且開放不同

的詮釋。研究問題 RQ4 和研究問題 RQ5 都遵循了我所建議的聚焦於一個問題的原則，但它們的範圍不同。這就是為什麼需要非常明確地指出你將會研究的具體內容。以下是本文研究範圍限制的一個範例，適用於研究問題 RQ4 和 RQ5：

> The research in this paper is delimited to one social media platform, Twitter, with the focus on social media messages in the form of tweets from former US President Donald J. Trump's private Twitter account, from the 2016 presidential election until the 2020 presidential election. Whilst we recognise that there are many factors that can influence voter behaviour, and that these influences differ across election contexts, this time frame provides a set of messages that directly link a first-term incumbent politician to an election. In addition to this, we focus on those members of the electorate who were legally able to vote for the first time at the 2020 presidential election.

本研究的研究範圍限定於一個社交媒體平臺，即 Twitter，並聚焦於前美國總統唐納德・J・川普私人 Twitter 帳號中以推文形式發表的社群媒體訊息，時間範圍從 2016 年總統選舉至 2020 年總統選舉。儘管有許多因素可能影響選民行為，且這些影響在不同選舉背景中各異，但此時間範圍提供了一組直接

將首任在職政治人物與選舉連接起來的訊息。此外，研究者關注於那些在2020年總統選舉中首次符合法定投票資格的選民。

社群媒體種類繁多，因此在此情況下，有必要具體說明要研究的是哪些社群媒體，這也是為何限定研究範圍非常重要的原因。這樣的做法是先從一個相對廣泛的研究問題開始，然後在限定範圍中逐步縮小，之後將研究問題和限定範圍結合起來，作為進行學術研究與寫作的指南。在寫作過程中，若有必要，稍微調整範圍設定是可行的，然而，我並不建議在研究過程中頻繁地調整範圍，這並不是學術寫作的常規部分。不過，寫作過程中偶爾回頭檢查，以確認是否仍在正確的方向上是有幫助的。

論文、報告或研究文章的結構

緒論的最後一部分只需用幾句話簡要說明論文、報告或研究文章的結構。這部分旨在提供讀者一個簡單的概覽，即「路線圖」，也有助於幫助你結構化接下來的內容。在撰寫每個部分時不必過於詳盡，只需提供概覽即可。以下是一個介紹論文結構的範例：

> In the following paper, we first provide an overview of our conceptual point of departure, focusing on the specific factors that are applicable to Twitter as a social

media platform relevant to political actors. We then describe our methodology and method. Following this, we present our findings and then discuss these findings within the context of the appropriate research. Finally, after reflecting on the implications for research and practice, we present our conclusions.

在以下論文中,首先概述概念的出發點,重點關注適用於 Twitter 作為與政治參與者相關的社群媒體平臺的具體因素。接著,描述了研究的方法論和方法。在此之後呈現研究結果,並在相關的研究背景下討論這些結果。最後,在對研究與實務的意涵進行反思後提出結論。

這部分旨在提供一個簡單的概覽,無需深入討論將要使用的文獻、方法論或方法。例如,可以將「概念的出發點」替換為理論、概念或模型的名稱,亦可將「……Twitter 作為與政治參與者相關的社群媒體平臺……」替換為更一般的描述。這些著重於研究結構的句子,旨在呈現一個如「路線圖」的作用,讓讀者能夠理解研究的邏輯。

完整的緒論

最後，這裡是一個我認為完整的緒論範例：

During the presidency of Donald J. Trump, Trump used his private Twitter account on a daily basis to comment on events in society (Ross and Rivers 2018). By using Twitter as the primary communication channel instead of mass media interactions such as press briefings and interviews, Trump was able to use short messages, 'tweets', to bypass the traditional role of the mass media as an interpreter and gatekeeper of political messages (Ott 2017). Much has been written about the impact of social media influencers on consumer behaviour (Vrontis *et al.* 2021); could Trump's use of social media to send messages directly to the electorate have influenced voter behaviour, especially those who voted for the first time at the 2020 presidential election?

The aim of this paper is to investigate how political messages on social media affect the voting behaviour of the segment of the electorate who are voting for the first time. This aim is motivated by a need to understand the impact of social media messages in the political context, as in the commercial context, social media platforms such as Twitter are having an increasingly important influence over the purchase behaviour of young adults (Chen 2015). Therefore, the research question of this paper is:

How does Twitter affect voter behaviour?

The research in this paper is delimited to one social media platform, Twitter, with the focus on social media messages in the form of tweets from former US President Donald J. Trump's private Twitter account, from the 2016 presidential election until the 2020 presidential election. Whilst we recognise that there are many factors that can influence voter behaviour, and that these influences differ across election contexts, this time frame provides a set of messages that directly link a first-term incumbent politician to an election. In addition, we focus on those members of the electorate who were legally able to vote for the first time at the 2020 presidential election.

In the following paper, we first provide an overview of our conceptual point of departure, focusing on the specific factors that are applicable to Twitter as a social media platform relevant to political actors. We then describe our methodology and method. Following this, we present our findings, and then discuss these findings within the context of the appropriate research. Finally, after reflecting on the implications for research and practice, we present our conclusions.

如你所見，前述的六個元素都包含在緒論中，而且緒論的撰寫方式清晰地說明了**你將要做什麼、為什麼要這麼做**，以及**如何去做**。緒論不僅為你的指導教授和評分者提供清晰的脈絡，以利於整篇論文的閱讀，對你自己來說也可用來提醒寫作的方向。在後續章節中，你會看到緒論——尤其是研究問題——如何幫助檢視論文是否保持在正確的方向上。

檢查清單

詢問你的指導教授

- ……參考文獻是否適合出現在開場白；
- ……是否願意與你討論研究問題；
- ……確保研究目標和動機有所區分；
- ……是否需要撰寫次要研究問題。

注意事項

- **應該**最先撰寫緒論；
- **應該**記得緒論可以在研究過程中進行調整；
- **應該**記得研究問題和範圍限制幾乎是固定的；
- **不應該**讓研究問題過於具體——這是研究範圍限制的作用；
- **不應該**建立實際上包含兩個子問題的研究問題。

常見錯誤

- 開場引言無法設定背景；
- 論文的目標不夠清晰；
- 動機與研究問題和目標無關；
- 目標和動機的區別不夠明顯；
- 研究問題實際上包含兩個子問題；
- 研究範圍限制不夠具體，或過於具體。

CHAPTER 3

Literature overview

文獻綜述

論文、報告或研究文章的第二部分將重點放在文獻的呈現上。這部分展現出了你對主題領域有良好的理解，能夠辨識所選文獻的優缺點，並能夠根據所選方法論和研究方法，利用文獻來發展假設或為研究興趣提供合理依據。由此可見，文獻綜述部分將在整個論文、報告或研究文章中具有貫穿的作用：撰寫文獻綜述部分時所做的決策，將直接影響對適當方法論和方法的選擇、從所收集資料中能夠發現的內容，以及最終可得出的結論。

你的指導教授可能會希望這部分的標題為「文獻」(Literature) 或「文獻回顧」(Literature Review)，當然要遵從教授的指示！我個人不介意學生使用「文獻」作為此部分的標題，但我不允許他們用「文獻回顧」，除非他們正在撰寫一種特定類型的論文、報告或研究文章。這是因為「文獻回顧」是一種學術論文的類型，有其正式的方法，旨在整合特定主題的所有研究，並將結果呈

DOI: 10.4324/9781003334637-3

現為該研究領域的現狀。關於正式文獻回顧的結構，我將在第 11 章進行討論。

文獻綜述部分的基本結構圍繞以下五個問題展開：

- 你使用的是哪種理論、模型或概念？
- 為何選擇這個理論、模型或概念？
- 該理論、模型或概念在你的論文中扮演什麼角色？
- 你從中推導出哪些假設，或有興趣的領域是哪些？
- 你的文獻綜述如何與研究問題相關？

你使用的是哪種理論、模型或概念？

當學生撰寫論文、報告或研究文章時，我會要求他們選擇一種理論**或**一種模型**或**一個概念作為研究基礎。請注意，我使用了「或」這個字──你的論文、報告或研究文章需要集中於一個焦點，如果有多個理論、模型或概念需要討論而字數又有限，文章可能就會變得表面化，缺乏深入的分析和詳細的解釋。這對所有類型的論文都適用，無論是期中小論文還是較長的論文。例如，當你聚焦於一個理論時，「文獻綜述」部分的結構就很簡單：根據相關文獻介紹該理論即可。

當然，你可能希望（或需要）討論兩個理論，在這種情況下，結構如下：首先介紹第一個理論並將其與研究背景聯繫起來，接著介紹第二個理論並將其與研究背

景聯繫起來，最後呈現兩種理論在研究背景中的相似和差異之處。由此你可以看出，討論兩種理論所需的篇幅會增加許多。

以理論為例，但相同的原則也適用於模型和概念。若所選的理論或模型包含多個概念，就需要平衡各概念的描述篇幅，讓這些概念之間保持均衡。例如，如果你打算用 1,000 字來描述一個包含四個概念的模型，那麼每個概念應該分配約 250 字。

這個理論、模型或概念是什麼，為什麼與你的論文、報告或研究文章相關？

在選定將作為論文、報告或研究文章重點的理論、模型或概念後，你需要對其進行描述，以清楚展現你對該理論、模型或概念特徵的理解。一般來說，具體描述你對理論、模型或概念的理解，可以使你的研究基礎變得明確。這也意味著，如果你誤解了某些部分，好的指導教授會引導你回到正確的方向，評分者也能指出錯誤之處，並在評分時不讓這個錯誤過度影響整體評價（當然前提是其餘部分是正確的）。

衡量論文品質的一個重要指標是論文中引用了哪些參考文獻，以及這些文獻如何支持你對所選理論、模型或概念的理解，尤其是在「文獻綜述」部分。例如，若對某一模型的描述僅使用了一兩個參考文獻，這表明

該模型在你的研究問題背景下可能缺乏對其正反兩面的討論,即缺少批判性分析。

你還需要納入其他使用過該理論、模型或概念的研究,這樣可以幫助你了解其他研究者是如何應用這些理論、模型或概念。這很重要,因為你必須合理解釋為什麼選擇特定的理論、模型或概念。僅僅寫「這個概念的定義是……」還不夠,你還需要證明該定義的合理性。如此一來,你能為自己的選擇提供合理依據,並顯示其與研究目的、動機和研究問題的相關性。

請記住,不需要在這裡明確說明該理論、模型或概念如何與研究的目的、動機和研究問題相符——這部分內容應留待「分析」或「討論」章節以及「結論」部分處理。請參閱以下範例:

> According to Lees-Marshment (2001a, 2001b), the concept of political market orientation (PMO) focuses on ensuring that the message of the political party (in the case of this paper, via Twitter) follows that of voter markets and thus influences voter behaviour. However, Ormrod (2006) has criticised this conceptualisation of PMO as ignoring the needs of the internal market, that is, party members. As such, by including internal markets in its understanding of PMO, this paper nuances Lees-Marshment's (2001a, 2001b) concept of PMO to focus on markets, rather than voters.

根據 Lees-Marshment (2001a, 2001b) 的觀點，政治市場導向 (political market orientation, PMO) 的概念側重於確保政黨訊息（本文中指透過 Twitter）符合選民市場的需求，從而影響選民行為。然而，Ormrod (2006) 批評了此 PMO 概念，認為其忽略了內部市場（即政黨成員）的需求。因此，本論文在理解 PMO 時加入了內部市場的需求，從而細化了 Lees-Marshment (2001a, 2001b) 的 PMO 概念，使其關注於市場而非單純的選民。

此範例是根據真實的研究文章，其完整參考文獻已列在本書第 9 章。第一句提供了對該概念 (PMO) 的理解。如果你只關注 Lees-Marshment 對該概念的理解，就會錯過 Ormrod 提出的批評，即第二句（從「然而……」開始）的內容。最後，如果省略了第三句（從「因此……」開始），你將無法在論文、報告或文章中加入自己經過論證的觀點。這三句結合起來呈現了你對該概念的理解（第一句）、對該概念弱點的理解（第二句），以及如何在你自己的論文中改進該概念的見解（第三句）。

　　最後要注意的是，在首次提到「政治市場導向」這一概念後，我寫上了 (PMO) 的縮寫，之後便直接使用 PMO 來代替「政治市場導向」。這樣做是因為該概念可能在文章中多次出現，因此用 PMO 可以使閱讀速度

加快。是否使用縮寫取決於平衡，一般經驗法則是當該概念是論文的核心概念，且在全文中重複十次以上時，便適合使用縮寫。這一規則同樣適用於其他術語及組織名稱，例如：UN 代表聯合國 (United Nations)、BBC 代表英國廣播公司 (British Broadcasting Corporation)，以及國名，例如：USA 代表美國 (United States of America)、PRC 代表中華人民共和國 (People's Republic of China)。如有疑問，可請教指導教授。

從文獻中得出哪些假設，或有哪些研究興趣領域？

在介紹完理論、模型或概念，並將其置於你的研究背景中以後，必須呈現你的研究問題如何與文獻互動。這樣做的目的是利用文獻來形成假設的基礎（若進行的是量化研究），或確定研究興趣領域（若進行的是質性研究）。雖然假設的識別和制定相對簡單，但我在討論質化方法時選用「研究興趣領域」(areas of interest) 一詞，因為它涵蓋了多種視角，並根據你選擇的研究方法來回答你的研究問題。

假設

假設與研究問題一樣，必須以特定的方式制定。研究問題是以問題形式表達的，而假設則是根據文獻及你對文獻的解讀，並結合研究問題，以陳述的形式來表達。

你提出假設，然後經由你的研究來判定：「是的，我的研究支持這個假設」，或「不，我的研究反駁了這個假設」。當然，實際情況會更複雜，因為存在如虛無假設 (null hypothesis)、對立假設 (alternative hypothesis) 等不同的假設構建方式和相關術語，這些可在研究方法教材中查閱。本書將把重點放在討論假設的措辭及學生常犯的錯誤。請參見以下假設範例：

> Hypothesis H_1: There is a statistically significant correlation between Twitter usage and the likelihood of voting. *Example hypothesis H_1*
> 假設 H_1：Twitter 使用率與投票意願之間存在統計上顯著的相關性。 **假設 H_1 範例**

此假設能以「是」或「否」來回答——回顧本書第 2 章中的研究問題 RQ1，你會發現研究問題 RQ1 的寫法和假設 H_1 的寫法之間的關聯。閱讀假設 H_1 時，我預期在論文的文獻綜述部分已經讀過 Twitter 使用與投票意願的相關性，並在理論或實踐中就該相關性提供了論據支持。我還期望看到問卷中至少有兩個問題，分別關注 Twitter 的使用頻率和投票意願。

假設 H_1 的一個關鍵特徵是它僅包含一種相關性。現在來看看以下的假設，看看你能否找出不同之處：

Hypothesis H_2: There is a statistically significant correlation between Twitter usage and likelihood of voting or not voting. *Example hypothesis H_2*

假設 H_2：Twitter 使用率與投票或不投票的可能性之間存在統計上顯著的相關性。 **假設 H_2 範例**

假設 H_2 實際上包含兩個假設——第一個關注 Twitter 使用量與投票可能性之間的相關性，第二個關注 Twitter 使用量與不投票的可能性之間的相關性。那麼，你究竟是在測試哪一個？能否以明確的「是」或「否」來回答假設 H_2？就像整篇論文的研究問題一樣，使用量化方法時，你只能給出一個答案。

最後一點是關於在論文中呈現假設的方式——就像研究問題一樣，你可以藉由在假設的前後加上空格，使其非常清晰易辨，就像本書中的做法。我會在第 10 章「基本要求」(hygiene factors) 中回顧這種表達清晰度的重要性。

研究興趣領域

與可以用「是」或「否」回答的假設不同，質性研究往往旨在將現有理論、模型或概念的知識更加細緻化，因此更關注於找出尚不清楚的、與研究問題相關的想法和觀點。對某些研究來說，可能只有一個研究興趣領域，即涵蓋你論文的研究問題；而對於其他

研究，尤其是聚焦於包含多個要素的理論或模型時，可能會有更多的研究興趣領域。

在質性研究中，確定興趣領域的文獻綜述結構，通常與進行量化研究時建立假設的結構相似。首先，按照我前面介紹的方式來呈現和評析理論、模型或概念。然後，不需要提出具體問題，而是將重點放在理論、模型或概念的理解和應用上未解決的部分，特別是當你研究的背景是一個新穎的情境時。這樣的寫作方式能呈現你 (1) 理解該理論、模型或概念；(2) 理解該情境；(3) 了解該情境如何提供一個「特殊案例」以豐富該理論、模型或概念。

文獻綜述如何與研究問題相關？

文獻綜述的最後一個要素並不需要直接寫入你的論文、報告或研究文章中，而是一個你需要自問的問題——你在文獻綜述中所寫的內容如何幫助回答緒論中的研究問題？嚴格來說，你應該要能夠說明文獻綜述中每段內容如何有助於回答研究問題，但我的建議是通讀文獻綜述部分，同時不斷思考你的研究問題即可。

如果發現研究問題與文獻綜述內容存在差異，而且你有權自行定義研究問題，那麼就需要考慮應如何處理。你有三個選擇：重新考慮研究問題的措辭、重寫文獻綜述，或記下這些差異，並在研究過程的後期

視情況決定是否需要更改。然而，我強調這三種方法都不如從一開始就堅持原有的研究問題，並確保文獻綜述與其相關。

檢查清單

詢問你的指導教授
- 是否可以與你討論你的假設或研究興趣領域；
- 他們希望文獻綜述部分的標題為何。

注意事項
- 應檢查假設是否可以用「是」或「否」回答（若你進行的是量化研究）；
- 不應嘗試涵蓋過多文獻——要有選擇性，如有疑問可收窄研究範圍；
- 應檢查所寫的內容是否符合你的研究問題。

常見錯誤
- 選擇多於一個理論、模型或概念；
- 一個假設實際上包含了兩個假設；
- 缺乏對適當的興趣領域的專注；
- 理論或模型中不同概念之間的篇幅分配不平衡。

CHAPTER 4

Methodology and method

方法論與方法

「方法論」與「方法」這兩個詞經常被混淆，彼此密切相關，但並不相同。基本上，「方法」指的是你所做的事情，而「方法論」則涉及更廣泛的問題，即你如何知道你所做的事情是可以被執行的。方法論較為複雜和抽象，這也是為什麼許多學生選擇不在論文中討論方法論。然而，方法論和方法一樣重要，將方法論清楚地呈現出來，表明你理解為何你所研究的內容是可行的。本章將討論方法論和方法，並進一步重點介紹你使用的品質標準，以及描述你進行實證調查的具體過程。

我一再強調詢問指導教授意見的重要性，包括他們希望你如何結構化你的論文、報告或研究文章，因為這些結構可能與本書中介紹的不同。這一點在方法論和方法部分尤為重要，因為有些指導教授希望你在此部分討論更廣泛的科學哲學主題，而另一些則可能希望你呈現

出符合其他課程中學到的特定研究設計的結構。因此，務必和你的指導教授確認！

我將採用「基本原則」(bare basics) 的方式來呈現研究過程，這可以作為你在論文、報告或研究文章中的靈感，內容包含對方法論和方法的一般討論。我不會深入探討方法論和方法的定義，因為這部分的知識可以參考你的科學哲學和／或研究方法的課程。

方法論和方法章節的重點在於回答以下五個問題：

- 你使用哪種方法論？為什麼？
- 你使用哪種方法？為什麼？
- 你的品質標準是什麼？為什麼？
- 你如何進行研究？
- 這些如何與你的研究問題相關？

方法論

方法論是更廣泛理解知識創造和理解方式的一部分，並且與本體論 (ontology) 和認識論 (epistemology) 一起構成科學哲學的核心要素。我不會在此討論什麼是方法論、本體論和認識論，因為許多大學專門設置科學哲學的必修課程來講授這些主題，而方法論、本體論和認識論正是這些課程的重要組成部分。本書中的重點在於，你需要在論文、報告或研究文章中撰寫一個部分以

說明你對知識問題的立場，因為這決定了你如何處理從參與研究的人員那裡獲得的資訊，以及哪些研究問題可以被解答。

一個非常簡單的例子：量化和質化方法論是建立和理解資料的兩種不同研究策略。採用量化方法論的研究者認為資料是獨立於觀察者的，不論是誰查看資料，所有人都會以相同的方式理解資料。資料品質的評估嵌入在資料中，而不是在理解資料的人身上。例如，如果你使用問卷調查，你可以將答案轉化為數字，電腦會計算出結果——你不會參與這一過程。然後這些結果會與統計臨界值 (cut-off points) 進行比較，這些臨界值通常是大多數研究者都能認可的，並能在統計教材中找到相關標準。

採用質性研究策略的研究者則認為，每個人的背景和經驗會影響他們如何理解資料——十個人可能會以十種不同的方式來理解資料，而由於這十個人都有各自獨特的背景和經驗，因此他們對資料的解釋可信度取決於品質標準。例如，當你訪談某人並寫下訪談紀錄時，即使是撰寫的方式也會對你能得出的結論產生影響——你是否在紀錄中包含停頓或語助詞（如「嗯……」、「啊……」等）？這樣做能說明受訪者在該訪談話題上表達自己的難易程度。

作為獨立部分的科學哲學

有時候,你的學校或指導教授會希望你在論文、報告或研究文章中寫一整節有關你所採用的科學哲學方法。這可以作為一個獨立的部分,其中方法論部分被移到更廣泛的科學哲學部分,而方法則有自己的部分。在這種情況下,你將需要為你的論文、報告或研究文章使用另一種結構,如下所示:

- Introduction 緒論
- Literature Overview 文獻綜述
- Philosophy of Science 科學哲學
- Method 方法
- Results/Findings 結果/發現
- Analysis/Discussion 分析/討論
- Reflections 反思
- Conclusion 結論

另一種強調科學哲學作為獨立元素的結構是將其置於文獻綜述之前,這樣可以強調你的科學哲學方法在選擇使用哪些文獻時也很重要。結構可能如下:

- Introduction
- Philosophy of Science

- Literature Overview
- Method
- Results/Findings
- Analysis/Discussion
- Reflections
- Conclusion

至此，你應該已經了解在論文中撰寫方法論部分（以及可能涉及的更廣泛的科學哲學範疇）的重要性。不幸的是，這也是學生經常忽略的部分，因為對許多人來說，此部分理解起來較困難。我通常告訴學生，若有口試，可能更傾向於詢問文獻部分或分析／討論部分的內容，而非方法論。但如果沒有撰寫方法論（或更廣泛的科學哲學），則可能會被詢問該部分的問題。當然，你的口試經驗可能會有所不同；無論如何，請與你的指導教授探討應如何在論文中納入對方法的討論，即使你對研究主題本身已經很有把握。

方法

你所使用的方法是你的論文、報告或研究文章的實踐層面——可能是與專家或多位消費者的訪談、焦點小組、問卷調查、一系列實驗或觀察。它是你進行調查的過程，包括為獲取回答研究問題所需資訊而採取的實際

步驟。方法也與方法論如何影響你對資料本身的解釋密切相關。接下來，我將以問卷作為量化研究的例子，並以訪談作為質性研究的例子。然而，你必須記住，收集資訊有許多不同的方法（例如，實驗、民族誌研究、焦點小組），你應該確保關注所選資料收集方法的特點——記住，本書主要討論論文、報告或研究文章的結構，而不是資料實際的收集方式。

無論使用的是量化或質化方法論，都需要明確指出使用了哪種方法（例如問卷、訪談）以及它如何幫助你回答研究問題。在這裡，你會對該方法進行概述，而在方法論和方法部分的後續內容中，則將描述該方法如何應用於自己的實際研究。

如果你的研究問題以「是否……」或「在何種程度上……」開頭，那麼你應知道可以分別用「是／否」或「小／中／大」來回答該研究問題。當然，事情比這更為複雜，但請回顧我在本書第3章文獻綜述中介紹過的假設——你試圖揭示某個假設是被支持或否定，因此你可以藉由問自己是否能用「是」或「否」來回答研究問題以進行檢查。

若你的研究問題以「如何……」或「為什麼……」開頭，則你必須能夠以各種建議或「因為……」來回答該研究問題。再次強調，這其實比描述的要複雜一些，但請記住我在本書第3章提到的興趣領域——其目的是

探索理論、模型或概念的相關性,以便在你的特定背景下增加知識量。你可藉由自問能否用「是」或「否」來回答研究問題以進行檢查。例如,請用「是」或「否」來回答以下兩個問題:

> "Do tweets affect voter behaviour?"
> 推文會影響選民行為嗎?
> "How do tweets affect voter behaviour?"
> 推文如何影響選民行為?

陳述資料在研究中的作用時,量化與質化方法之間的差異也是個重要的考慮因素。在最極端情況下,你是嘗試建立一個理論、模型或概念,還是嘗試測試一個理論、模型或概念?這兩種方法分別稱為歸納法 (induction) 和演繹法 (deduction)。使用歸納法時,你需要在特定背景下細化對理論、模型或概念的理解;而使用演繹法時則需測試該理論、模型或概念在特定背景下的適用性。

　　這兩種方法的限制在於,如果採用歸納法,所用的理論、模型或概念很可能已經被其他研究者通過演繹法測試過;若採用演繹法,則通常會遇到相反的問題——所測試的理論、模型或概念已經通過歸納法被建立並擴展過。歸納法與演繹法各有優缺點,且都是創造和測試理論、模型及概念知識的漫長過程的一部分,即所謂的

「溯因法」(abductive approach)，藉由在細化與測試理論、模型和概念之間交替進行。

你的方法論與方法是相互關聯的，因為採用的研究方法論會決定使用的方法以及能在論文、報告或研究中回答的研究問題。方法論描述了你在更為普遍的哲學現實觀中的立場，而方法則是你如何在特定背景中理解研究問題的方式。在實際操作時，通常只需簡要提及每個方法論和方法部分的要素，並用幾句話說明它們在你研究中的意義，而不需要詳細解釋。當然，如果你是為專門的科學哲學課程撰寫報告、論文或指導老師有要求，則需要在這部分更強調。

品質標準

研究中的品質標準將告訴讀者你的研究有多可信。一項高品質的研究會包含對所有決策的合理性說明，例如資料來源的選擇、資料的產生方式、處理方式以及理解方式。這與你的研究是使用量化或質化方法無關。品質標準的討論通常融入研究過程的討論中，特別是針對質性研究，因為資料收集與資料解釋的過程彼此依賴，無法分割——你理解資料的方式是個人的，並決定了你能得出什麼發現。在這一部分中，我將僅介紹幾個品質標準的例子，因此，請務必查閱方法教材，以確認是否有其他品質標準適合於你的論文、報告或研究文章。

量化方法

在量化研究中,品質標準通常較簡單明瞭,因為其主要關注資料的信度、效度和統計結果解釋方式的經驗法則。為確保研究品質,需要回答一些相關問題,例如:你是否謹慎決定了要在問卷中調查的對象?選擇標準是否明確?你是否進行過問卷的預測試,並在資料收集後檢查統計和理解方面的問題?回答這些問題並將它們與明確的品質標準相關聯,將提高研究的可信度。請看以下示例,重點詞已用**粗體**標示:

> In order to improve the **content validity** of the questions, I conducted a pre-test amongst a sample of the population. This consisted of asking the respondents to fill out the questionnaire and provide comments to each of the questions about how they understood the question.
>
> 為了提高問題的**內容效度**,我在一個樣本群體中進行了預測試。這包括要求受訪者填寫問卷,並針對每個問題提供理解上的回饋意見。

第一句說明了所使用的品質標準類型——在此是內容效度,而第二句則說明在研究情境中如何確保該品質標準的實現。對於每種使用的品質標準,都需要用這種兩部分的結構來撰寫。我建議先列出所有打算使用的品質

標準,然後依據這種兩部分結構撰寫每一項。

在量化研究中,對品質標準的描述及如何在研究中解決這些標準的說明,會分為兩部分來呈現。第一部分在方法論與方法部分中,描述你如何設計問卷問題或實驗流程——這些通常涉及各類效度。第二部分位於結果章節,其中包括效度和信度的統計資料作為必要的品質標準,並且將結果與方法教材中的統計基本標準進行對比。我將在本書的結果部分針對第二種品質標準進行更深入的探討。

質化方法

在質性研究中,論文、報告或研究文章的方法論和方法部分的品質標準通常更側重於資料的收集、處理和詮釋過程,而非資料本身。以下是一些確定研究品質的重要問題示例:你是否記錄了研究過程的每個階段?你是否與被訪談或觀察的對象核對過資料的解釋,或將你的資料解釋與其他類型的資料進行比較?你是否承認了自己對研究問題的偏見和立場?與量化研究一樣,回答這些問題並將其與明確的品質標準連接起來,能夠增強研究的可信度。請看以下例子,重要的詞語已用**粗體**標示:

> A **member-checking** validity procedure was conducted in order to improve the **credibility** of the data

interpretation. This consisted of reviewing the interview transcript with the participants in order to ensure that my interpretation reflected their opinions.

進行了**成員查核**效度程序,以提高資料解釋的**可信度**。這包括與參與者一起審閱訪談稿,以確保我的解釋反映了他們的觀點。

與使用量化方法時針對內容效度的範例類似,這段文字包含兩句話,第一句說明所使用的品質標準(此處為透過成員查核效度程序提高可信度),第二句則說明如何在實踐中確保該品質標準。你可以用同樣的方式來構成每個品質標準的文字。在質性研究中,我建議在方法論和方法部分詳細說明你使用的所有品質標準,這樣在下一部分「研究結果」中,只需陳述所發現的結果即可。

尤其是在社會科學領域,使用質化方法時,評估品質標準更具挑戰,因為評估仰賴知識、經驗和共識觀點,而非將數值與參考標準相比。因此,論文的品質在於你能否說服指導教授和評分者接受你的詮釋,這使得明確說明所用的品質標準以及這些標準與方法的適用性變得更加重要。

論文、報告和研究文章的替代形式

我認為上述兩段文字範例是學生在其論文、報告或研究文章中應該撰寫品質標準的標準,儘管我理解有些

報告和文章篇幅較短,因此無法詳述每個使用的品質標準。以下是一個針對上述量化範例的簡短文字範例:

> Pre-testing the questionnaire increased content validity by asking individuals to comment on how they understood each of the questions.
>
> 透過要求受訪者評論他們如何理解每個問題,預測試問卷提升了內容效度。

如你所見,這段文字簡短許多。它沒有包含如上例的詳細資訊,但仍表達了你對品質標準重要性的認知,表明你了解每個品質標準的適用情境,並知道如何在研究中使用這些品質標準。如果有口試(或口頭答辯),你可能會被問到關於該品質標準的詳細內容,所以要做好準備。我會在第 11 章中詳細討論口試相關內容。

在論文或以方法為主的文章中,撰寫比上述文字更多的資訊會是個好主意,因為這樣可以呈現出你知道哪些品質標準是相關的、為什麼這些品質標準相關,以及你在實際操作中如何確保這些品質標準。以下是一個針對量化範例的更詳細品質標準說明:

> **Content validity** in questionnaire investigations focuses on testing whether each question measures what it is designed to measure (*reference*). In order to improve the

content validity of the questions, I conducted a pre-test amongst a sample of the population. This consisted of asking the respondents to fill out the questionnaire, and provide comments to each of the questions about how they understood the question.

問卷調查中的**內容效度**著重於測試每個問題是否測量其設計的內容（*參考文獻*）。為了提高問題的內容效度，我在樣本族群中進行了預測試。包括要求受訪者填寫問卷並對每個問題提供意見，說明他們如何理解問題。

現在，這段文字由三個句子組成，其中第二和第三句與原本的範例相同。新增的第一句則提供了關於品質標準在特定方法中更廣泛意涵的資訊，在此例中即是問卷中每個問題的內容效度。請注意，第一句句尾有一個參考文獻（斜體字），這點很重要，因為你引用了他人的工作（內容效度的概念並不是你發明的！）。參考文獻大多會是指導教授推薦的方法教材，但一定要標示出來。

根據我的經驗，就像方法論部分一樣，許多學生往往忽略了用來評估研究的品質標準，尤其是使用質化方法時。然而，我必須強調，為你的研究過程提供合理依據並將其與明確的品質標準連結，是展現研究高品質的重要方式——而你的研究當然是高品質的！

研究描述

　　方法的具體應用是描述你將要執行的內容以及為何選擇這樣的執行方式。這部分類似於緒論中的界定範圍章節，因為你記錄了所有的決策。不同的是，當你描述研究時，重點在於你實際執行了什麼，而非如何將自己限制於特定的研究領域。

　　有時，你的研究描述和相關的品質標準會結合在一起，因為你對特定方法的選擇取決於你如何確保研究的品質。這在量化和質性研究中都是適用的。以下是以之前的量化範例為例，其中部分研究內容以粗體標示：

> In order to improve the content validity of the questions, I conducted a **pre-test amongst a sample of the population**. This consisted of **asking the respondents to fill out the questionnaire** and **provide comments to each of the questions about how they understood the question**.
>
> 為了提升問題的內容效度，我在**樣本群體中進行了預測試**。這包括**要求受訪者填寫問卷並對每個問題提供意見，說明他們如何理解問題**。

如你所見，品質標準（內容效度）決定了在問卷開發過程中採取的具體行動（預測試問題）。其他部分的研究可能不會與任何特定的品質標準有如此直接的關聯，因

此文本將僅著重於你的決策及作出這些決策的原因。以下是一個描述研究的範例，重點放在樣本是如何選擇的：

> The sample for the investigation was selected using a snowball sampling procedure, where initial respondents were asked to forward the questionnaire link to those members of their social circle that fitted the inclusion criteria. This allowed the researchers to gain a larger pool of respondents than would otherwise have been possible.
> 研究樣本是透過滾雪球抽樣程序選定，初始受訪者被要求將問卷連結轉發給符合納入標準的社交圈成員。這讓研究者能獲得比其他方式更多的受訪者。

以上文字簡單地解釋了所執行的內容（滾雪球抽樣程序）、執行方式（受訪者轉發問卷連結）以及原因（以獲得更多受訪者）。當你在論文、報告或研究文章中描述研究時，記得檢查是否存在與品質標準的明確關聯，但如果沒有自然的關聯也不必擔心——最重要的是你能夠解釋為什麼你以這種方式進行研究。

與研究問題的關係

當你完成方法論和方法部分的撰寫後，務必思考此部分如何與你的研究問題相契合。正如在文獻綜述部分一樣，這是個你問自己的問題，而不是個需要在論文、

報告或研究文章中明確寫出答案的問題。最重要的檢查在於，你選擇的方法論和方法是否確實能夠解答你的研究問題，同時是否符合在緒論中所定義的研究範疇。

當確認所選的研究方法與方法論確實能回答研究問題後，你便可以進行研究調查！完成之後，你將獲得資料，並可開始理解結果或報告發現，這些內容將在第 5 章和第 6 章進一步探討。

檢查清單

詢問你的指導教授

- 是否需要詳細撰寫方法論的部分？
- 對於每項品質標準需要提供多少細節？

注意事項

- 應使用指導教授推薦的方法論教材；
- 應檢查該方法是否能解答你的研究問題；
- 應提供研究過程的詳細描述；
- 不要忘記品質標準！

常見錯誤

- 未區分方法論和方法；
- 未包含品質標準；
- 包含錯誤的品質標準；
- 未選擇合適的研究方法來回答研究問題。

CHAPTER 5

Quantitative investigations
Results and analysis
量化研究：結果和分析

本章將討論量化研究，即提供（主要）資料的研究類型。雖然有許多方法可以用來生成量化資料，但本章將以問卷作為範例，說明結果和分析部分的結構。我決定將論文、報告或研究文章中的結果和分析部分集中在一個章節當中，因為這兩個部分構成了一個邏輯整體——你的結果是什麼，以及你的結果在研究背景下具有何種意涵？

當你完成資料收集後，需要呈現三個方面的內容：(1) 你的結果，(2) 結果的效度和信度統計，(3) 你的假設是得到支持還是被否定。接下來是分析部分，在這裡你要回答這些結果在調查背景下的意義，透過將結果與你用來建立假設的文獻（第 3 章文獻綜述）進行比較。在此，你將展現自己對調查結果的理解，並有能力說明這些結果在研究問題中的實際意義。

DOI: 10.4324/9781003334637-5

在本章中，我們首先會看結果部分，這包括回答以下問題：

- 你如何準備資料？
- 你的資料的效度和信度統計是什麼？
- 你的研究結果是什麼？
- 你的假設是得到支持還是被否定？

接著，我們將專注於分析部分，這包括回答以下問題：

- 你的假設為什麼得到支持或被否定？
- 這如何回答你的研究問題？

結果

在你的論文、報告或研究文章的前幾個部分中，你已經回顧了文獻，描述並證明了你的方法論和方法的合理性，並確保研究問題在你到目前為止所寫的內容和你進行研究的方式中得到了反映。現在是許多人認為最有趣的部分——找出你的結果的時候了！

嗯……抱歉要打斷這個樂趣，但在真正的樂趣開始之前，你需要完成幾件事情。進行計畫中的統計程序以確定你的假設是得到支持或被否定，或者只是看看其他統計程序對你的資料有什麼看法，我稱為「釣魚之旅」

(going on a fishing trip)。首先,你需要準備資料,以確保資料可以使用,接著必須檢查各種效度和信度指標,以確定你的結果品質有多大程度上的可靠性。然後,你才能計算出結果,並只有在這時候,你才能看到在文獻綜述中所提出的假設是得到支持或被否定。

資料準備

第一步是準備你的資料。你很可能在方法課程中已經學過資料準備的內容,因此首先建議你重讀自己的筆記。資料準備包含一些必要的工作,比如查找並處理缺失資料 (missing data);檢查描述性統計資料,例如均值 (means)、標準差 (standard deviations)、偏度 (skewness) 和峰度 (kurtosis);並確保你的資料能夠與你選擇的統計程序兼容使用。根據所選統計方法的要求,你可能需要對資料進行某種轉換或標準化。

我不會詳細說明你需要做什麼或為什麼需要這樣做,因為這些內容可以在你的指導教授推薦的方法論教科書中找到。我會強調資料準備,是為了幫助你節省時間。如果你在資料尚未準備好的情況下開始計算結果,那麼你將不得不回頭重新計算所有結果。若你有六個月的時間來撰寫論文,這可能不是大問題,但若你的研究和寫作整體僅有四週的期限,你就能明白浪費在未準備好的資料上的一天時間,可以用來做更有價值的事情。

效度和信度

在按照方法教科書進行資料準備、處理缺失資料和檢查描述性統計資料之後，就可以查看效度和信度指標了。在方法論和方法的品質標準部分，我提到量化研究的品質標準分為兩個階段。第一階段是在設計收集資料的過程，例如，我使用了問卷問題的例子來說明問題是否能有效測量你所希望測量的內容，這稱為內容效度。第二階段則會在結果部分描述，這是在你收集到所有資料後進行的，通常是透過將你的結果與一些提供「經驗法則」(rules of thumb) 的統計或測量指標進行比較。

「經驗法則」通常是指測量資料某些特徵的公認數值範圍。這些數值範圍可以在指導教授推薦的方法教科書中找到。從最一般的來說，我們可以討論效度和信度。效度關注的是資料在多大程度上實際測量了它應該測量的內容──例如，如果一個問題是關於個體行為的，這個問題的表達是否能真正測量該個體的行為？另一方面，信度關注的是如果這個問題問的是未包含在調查樣本中的其他人時，是否仍然會測量到相同的內容──這個問題是否會以相同的方式被理解？

具體例子：如果你開車超速，可能會被測速照相拍到。就本書的背景而言，這是一個效度和信度的好例子。固定式測速照相拍攝的照片被警方認為是有效的，因為測速照相的設計目的是經由比較汽車在兩張間隔一定

時間拍攝的照片中的位置來測量汽車的行駛速度，而測速照相被認為能成功測量這個速度。然而，總有一些環境或機械因素是無法控制的，因此測速照相兩次測量相同速度的信度並不完美——這就是為什麼通常會有一個誤差範圍（例如，3%）。

你的假設是得到支持或被否定？

現在到了有趣的部分，看看你的假設是得到支持或被否定。在多數論文、報告和研究文章中，這一步通常只是逐一檢視各個假設，說明其內容，並透過電腦輸出顯示它是得到支持或被否定。之所以使用「支持」(supported) 而非「證明」(proved) 這個詞有其哲學上的原因——你只是在特定背景下檢驗了該假設，故無法斷定此假設在其他背景下是否同樣有效。因此，你只能提供更多的支持，卻無法真正證明它的正確性。請參考你的科學哲學或研究方法課筆記，或者向指導教授詢問。

分析

在論文、報告或研究文章的結果部分，你已經確定了每個假設是否得到了支持或被否定。在分析部分需要回答的主要問題是：這些假設與你在文獻綜述中呈現的文獻是相符或相矛盾？在分析部分的結尾，你還能對研究問題提供具體的回答。

假設是支持或否定了文獻？

最重要的問題是每個假設是支持或否定文獻。在結果部分，你並未引用其他文獻，而是專注於結果及其對各個假設的支持或否定情況。而在分析部分則相反——每個假設都是為了檢驗某一現有理論、模型或概念的一個方面，因此在分析部分，你需要引用在文獻綜述中使用過的文章，並討論文章的結論是否得到了支持。以下是一個假設的例子，呈現了這種結構的編寫方式：

> Vrontis *et al.*'s (2021) research argued that non-company influencers often have a higher impact on consumer behavior than standard marketing activities carried out by companies. However, our results demonstrate that this is not the case with political parties (H$_3$: p> .05). The reason for this could be that the politics is different, and so 'standard' marketing models of consumer behaviour cannot be used without careful adaptation.
>
> (Ormrod *et al.* 2013)

> Vrontis 等人 (2021) 的研究指出，非公司相關因素影響者對消費者行為的影響往往比公司進行的標準行銷活動更大。然而，我們的結果表明，這對於政黨而言並非如此 (H$_3$: p > .05)。原因可能在於政治的特殊性，因此「標準」的消費者行為行銷模型在政治領域應慎重調整後使用。
>
> (Ormrod 等人，2013)

這種文本結構的方式如下：第一句關注文章的陳述（來自文獻綜述），第二句關注假設是被支持或被否定（來自結果部分），第三句則是你的解釋以及這些結果對文獻綜述中的文章來說有何意義。

回答研究問題

在前幾章的結尾，建議你思考所寫之內容是否與你的研究問題相符。到目前為止，這只是你自己的問題，因為從論文、報告或研究文章的文本中應該能清楚地看出與研究問題的關聯，而無需詳細說明。然而，在分析部分的結尾，你已經掌握了提供具體答案所需的所有資訊。你已經全面閱讀和分析了文獻，描述並論證了你的方法和方法論，呈現了結果以及這些結果如何在文獻背景下進行分析。現在，你可以回答你的研究問題了。

我的建議是，在小標題下回答你的研究問題，例如「總結」。使用小標題可以清楚地表明你所寫的內容不是對結果的分析，而是對你的分析進行之簡短總結。這可以用類似於結論部分的方式展開，只是省略了你為得出答案所使用的結構描述。以下是一個量化研究總結的示例：

SUMMARY

The results of the empirical investigation support Hypothesis H_1, that voters do pay attention to Twitter when deciding which candidate to vote for, and for

Hypothesis H_2, that Twitter is seen as a legitimate alternative news source to the traditional mass media. These results indicate that Ott's (2017) research into Twitter as a competing information source can be used in the context of this paper. However, the results reject Hypothesis H_3, that non-candidate influencers affect voter behaviour, which goes against current research (e.g., Vrontis *et al.* 2021). As such, the answer to the research question is that tweets do affect voter behaviour, but only directly, in that the impact of influencers over voter behaviour is insignificant compared to influencers' impact on consumer behavior in the commercial context.

總結：實證調查的結果支持假設 H_1，即選民在決定投票給哪位候選人時確實會關注 Twitter；同樣也支持假設 H_2，即 Twitter 被視為傳統大眾媒體的合法替代新聞來源。這些結果表明，Ott (2017) 對 Twitter 作為競爭訊息來源的研究可以應用於本文的背景中。然而，結果否定了假設 H_3，即非候選人影響者會影響選民行為，這與現有研究（例如 Vrontis 等人，2021 年）相悖。因此，對研究問題的回答是，推文確實會影響選民行為，但僅限於直接影響，因為影響者對選民行為的影響與其在商業背景下對消費者行為的影響相比並不顯著。

這個虛構示例中的第一句話重述了調查結果，即假設 H_1 和 H_2 得到支持。第二句將文獻 (Ott 2017) 應用於假設 H_1 和 H_2 的結果。第三句則將假設 H_3 的結果與其對文獻的影響 (Vrontis 等人，2021) 結合起來。最後一句則盡量簡明扼要地回答了研究問題。

可替代的小節標題和論文、報告或研究文章結構

我建議學生使用將結果和分析部分分開的結構，這樣可以為他們提供一種清晰的方式來劃分論文：結果部分用來呈現電腦輸出的資料，以及假設是得到支持或被否定（不含參考文獻）；而分析部分則用來在文獻背景下解釋電腦輸出的資料（含參考文獻）。然而，所有指導教授的要求可能有所不同，有些可能希望你在各部分中使用其他標題。例如，可能希望你將結果部分稱為「結果與分析」，而將分析部分稱為「討論」。另一種變化是將結果部分稱為「結果」，而將分析部分稱為「分析與討論」。無論情況如何，都必須遵循指導教授的建議。

這兩種可替代的小節結構透過標題就可以幫助你明確每個小節應包含哪些資訊。如果指導教授希望你使用「結果與分析」和「討論」這兩個標題，那麼你會知道，第一部分需要結構化地呈現結果、每個假設是得到支持或被否定，以及它對理論、模型或概念的意義，而第二部分則應著重於結果在更廣泛背景下的意義，將所有假設視為一個整體結果進行討論。第二種替代結構是

將「結果」和「分析與討論」分為兩個獨立小節，這與本章所提到的主體結構類似,但要明顯區分每個假設的分析和對所有假設作為一個整體的討論。同樣地,如果有疑問,請諮詢你的指導教授！

檢查清單

詢問你的指導教授
- 結果和分析部分應該如何命名？
- 在結果部分應提供多少細節？

注意事項
- 應確保準備好你的資料；
- 應檢查統計資料的效度和信度；
- 應回答研究問題；
- 應在分析部分包含參考文獻；
- **不要**在結果部分包含參考文獻；
- **不要**浪費時間進行漫無目標的「釣魚之旅」。

常見錯誤
- 使用不相關的統計程序；
- 在分析部分引用文獻綜述中未出現的參考文獻；
- 將分析部分的內容寫入結果部分；
- 混淆效度和信度。

CHAPTER 6

Qualitative investigations
Findings and discussion
質性研究：研究發現和討論

　　使用質化方法進行的研究（例如訪談、焦點小組和觀察性研究），常用於社會科學中，以探究人們在特定情境下的想法、感受或行為。由於這類研究需要你自行解釋資料，因此會引發有關調查品質以及你對研究發現的解釋問題。本章涵蓋了論文、報告或研究文章中涉及質化方法研究的兩個部分，即「研究發現」部分和「討論」部分。

　　相較於採用量化方法的論文中「結果」與「分析」部分的明確不同，採用質化方法的研究並無如此明確的區分。首先，研究結果本身受到研究者視角的影響，因為你認為重要的內容會決定你發現了什麼。接著，你會在「討論」部分探討研究發現，並將它與其他研究者的發現或觀點進行比較。

　　這就是為什麼我選擇將這些部分稱為「研究發現」和「討論」。當然，你的指導教授可能會有不同的看法，

DOI: 10.4324/9781003334637-6

將這些部分命名為「研究發現與分析」和「討論」，或「研究發現」和「分析與討論」，你必須始終遵循他們的建議！在本章中，我們首先探討「研究發現」部分，該部分涵蓋以下問題：

- 你發現了什麼？
- 哪些引述可以用來說明你的論點？
- 你的研究發現如何與研究問題相關？

之後，我們將重點放在「討論」部分，該部分包含以下問題：

- 你的發現在文獻背景下有何意義？
- 你對研究發現的討論如何回答你的研究問題？

研究發現

「研究發現」部分的重點在於你在調查中發現了什麼。這與第 5 章中描述的「結果」部分不同，因為結果通常是資料的數字表現（通常是由電腦根據資料計算出的結果），而研究發現則是你對資料的詮釋——區別在於，當你從質性資料中選擇重要內容時，實際上你已經開始進行初步分析，即使在具體結果產生之前就已經這樣做了。這些資料可以是書面文本（如訪

談紀錄、推文、網站內容、公司報告），也可以是圖像或錄音（如廣告、YouTube 影片、自行錄製的材料）。提取研究發現的方法有很多，請參考你的方法書，了解可使用的其他方法。

引述

如果你在調查中進行訪談或焦點小組討論，通常可以錄音（例如保存為音訊檔）。這樣你就能將錄音轉寫成文本，並直接引述參與者的發言。不過，你必須事先獲得錄音的書面許可，並確保遵守所有相關法律要求，如歐盟「個人資料保護規則」（General Data Protection Regulation, GDPR）、保密協議等。務必要向你的指導教授確認相關規定，因為未遵守規定可能會帶來嚴重的後果。

回到錄音轉寫的部分──有許多轉寫資料的方法，請參考方法教材，決定哪種方法最適合你的研究，並記得具體說明為什麼這種方法是恰當的（詳見第 4 章）。如果可以直接引述訪談或焦點小組參與者的發言，建議將這些引述放入文章的主體中，這樣不僅可以支持你的論點，還能提升研究品質。

以下是一個在「研究發現」部分中撰寫直接引述的範例：

"I use Twitter a lot to get political information"
Participant A-3, 04:56

首先,引文本身是居中的,並且與上方文字之間有雙行間距。這樣可以讓讀者非常清楚地辨識出引述的內容。當然,你也可以將引文作為普通段落的一部分撰寫,但清楚區分出引述的文字會更好。大多數論文、報告和研究文章都有固定的字數或頁數限制,因此即使頁數稍多也無妨。將引述以這種形式寫出來雖然占據更多空間,但這樣做是有理由的。

其次,需要注意的是引述的標註格式。它由三部分資訊組成。第一部分是提供該引述的參與者標籤,例如上述例子中的「Participant A」。第二部分是該參與者的引述編號,例如上述例子中的「Participant A-3」即表示這是你在研究發現部分中引用自參與者 A 的第三個引述。透過對引述進行這樣的編碼,你可以在需要時單獨引用文本中的特定引述。

引述的編號（如上例中的「第三個引述」）在撰寫論文、報告或研究文章時也能提供一些資訊。例如,你發現某位參與者提供了很多有價值的引述內容,但如果你只選擇某一位參與者的引述,就未能充分利用所有參與者提供的不同觀點。如果發現一位參與者給出的引述有 20 條,而其他參與者合計只有 10 條,那麼你的研究可能只代表了某一位參與者,而非所有參與

者的觀點，這時，你必須回頭仔細思考自己的發現是否具代表性。

第三部分資訊是時間標記，在上述例子中是錄音進行到 4 分 56 秒的時間點 (04:56)。雖然你可能無法將錄音文件隨論文、報告或研究文章一起提交，但可以提交書面逐字稿，只需要將時間標記替換成逐字稿中的行號（或頁碼和行號），以便清楚地標示該引述在逐字稿中的位置。這樣做不僅有助於記錄每個引述的來源位置，還能讓評閱你工作的評分者更容易在逐字稿中找到該引述的上下文，從而評估是否認同你的詮釋。

如果你使用圖片，通常將這些圖片直接放入文本中會是個不錯的作法。這樣可以在內容中引用這些圖片，幫助評閱者理解你對資料的詮釋，並判斷是否同意你的觀點。請使用與引述逐字稿相同的方式來標註圖片，這將使你更容易準確指出你所討論的圖片是哪一張。

我通常會建議學生不要在研究發現部分 (Findings section) 引用其他研究。研究發現部分應該專注於你自己的研究發現，因此引用其他研究者的發現會讓人誤以為他們的研究結果也是你的發現，而事實並非如此。此外，不在研究發現部分加入其他研究的引用，也能清楚地區分你自己的研究發現和文獻背景下對這些發現的討論。

討論

　　研究發現部分著重於你的研究調查中所發現的內容，討論部分則聚焦於將這些發現置於更廣泛的文獻背景中，這些文獻通常已在論文、報告或研究文章的文獻綜述部分中提及（本書的第 3 章）。正如前面所提到的，研究發現部分不應包含任何對其他研究的引用，而討論部分則應包括你在文獻綜述中引用過的大量文獻。

　　我建議學生在討論部分只引用在文獻綜述中使用過的參考文獻，即不要加入新的參考文獻。此限制同樣適用於研究發現部分的引述，在討論部分中僅能參考已在研究發現部分適當呈現的引述。這樣可以建立文獻綜述、研究發現和討論部分之間的明確關聯，並呈現出你專注於回答研究問題的能力。

　　在討論部分，你必須向指導教授呈現自己如何善於利用在研究發現部分所報告的內容，並在文獻綜述部分描述的背景中理解它。我建議在討論中避免使用引述，因為引述呈現的是你發現的結果，而討論則應專注於解釋這些引述的意義。記住，每個引述在研究發現部分都已被賦予唯一的參考編號，因此在需要時可以輕鬆回溯引述的內容。以下是一個虛構範例：

> Vrontis *et al.*'s (2021) research argued that non-company influencers often have a higher impact on consumer

behavior than standard marketing activities carried out by companies. However, our interview participants saw the influencers as being politically active themselves (Participant A-2) and so "tainted" through their association with a particular political party (Participant C-5). The reason for this could be that the politics are different, so 'standard' marketing models of consumer behaviour cannot be used without careful adaptation. (Ormrod *et al.* 2013)

Vrontis 等人（2021）的研究認為，非公司相關因素影響者（例如網紅）對消費者行為的影響往往比公司進行的標準行銷活動更大。然而，我們的訪談參與者認為這些影響者本身具有政治活動背景（參與者 A-2），因此由於與特定政黨的關聯而被視為「帶有偏見」（參與者 C-5）。這可能是因為政治立場不同，因此在不經過仔細調整的情況下，無法使用「標準」的消費者行為行銷模型。（Ormrod 等人，2013）

這段文字的結構與第 5 章分析部分的示例相似，但在第二句中根據不同的研究方法、方法論和研究問題做了調整。第二句引用了研究發現部分的兩個引述。第一個訪談引用僅提到參與者 A 的第二個引述，而第二個訪談引用（參與者 C-5）則使用了引述中的一個具體詞語「帶有偏見」(tainted)。這是可以接受的，因為「帶有偏見」

是一個非常具體且不常見的詞語；像「好」(good) 這樣的詞語則更為一般化和常見，可能在不同語境中有多種含義，因此不具有相同的特定意義。

至於討論部分的一般結構則取決於你的研究方法。例如，如果你正在對書面文本進行主題分析，討論部分可按照每個主題逐一展開，呈現它們如何與文獻互動，最後以一個總結結束，將這些主題聯繫在一起並回答研究問題。另一種做法是將所有主題同時討論，在寫作過程中比較這些主題之間的相互關係。當然，你可能會發現另一種結構更適合你的研究。最重要的是，討論部分（以及其他所有部分）的結構必須具有邏輯順序。你認為什麼是合適的順序呢？

回答研究問題

討論部分的最後一部分應專注於回答你的研究問題。這可以遵循第 5 章中介紹的「結果與分析」結構，在討論部分撰寫一個專門的「總結」。以下是一個此類總結的範例：

> **SUMMARY**
> The findings of the empirical investigation underlined that the participants did pay attention to Twitter when deciding which candidate to vote for, and that Twitter was seen as a legitimate alternative news source to the traditional mass media, supporting Ott's (2017)

research into Twitter as a competing information source. However, non-candidate influencers were not seen as relevant by most of the participants, going against current research (e.g., Vrontis *et al.* 2021). As such, the findings of this paper indicate that tweets do affect the voting behaviour of the participants in the investigation, but only directly, in that the impact of influencers over their voting behaviour may not be as pronounced as is the case in consumer behaviour.

總結

實證調查的結果強調，參與者在決定投票給哪位候選人時確實會關注 Twitter，並且認為 Twitter 是傳統大眾媒體之外一個合法的替代新聞來源，這支持了 Ott (2017) 關於 Twitter 作為競爭性資訊來源的研究。然而，多數參與者認為非候選人影響者並不相關，這與當前研究（例如，Vrontis 等人，2021）相矛盾。因此，本文的研究結果表明，推文確實會直接影響調查中參與者的投票行為，但影響者對其投票行為的影響可能不如在消費行為中的影響那麼明顯。

這段文字幾乎與第 5 章的總結文字相同，但措辭已根據方法論、方法和研究問題進行了調整，並且指出此結果

不能概括所有選民的行為，而是更深入地理解了個別選民的影響因素。

檢查清單

詢問你的指導教授
- 該如何命名這兩個部分；
- 該如何呈現引述；
- 在研究發現部分應提供多少細節。

注意事項
- **務必**在「研究發現」部分包含引述；
- **務必**回答研究問題；
- **不要**在「研究發現」部分加入參考文獻；
- **無須擔心**頁數過多——引述會占用大量空間。

常見錯誤
- 將「討論」部分寫成「研究發現」的一部分；
- 未清楚標示引述內容；
- 在「討論」部分使用完整引述（但若用語很具體，使用個別詞語是可以的）。

CHAPTER 7

Reflections
Implications, limitations and suggested future research directions
反思：研究的影響、限制及未來研究方向建議

當我在進行博士論文答辯時，有一位口試委員說：「謝謝你的報告。所以呢？」我感到非常困惑；我很清楚自己博士論文的影響。然而，這正是問題所在——我花了三年的時間寫這篇博士論文，對於主題已經非常熟悉，以至於沒意識到對我而言清楚的事情，對其他人可能並非如此。我最終通過答辯並獲得了博士學位，但那種困惑甚至接近沮喪的經歷一直留在我心中。從那次之後，我便將這段經歷告訴我的學生，並在指導會議中要求他們回答「所以呢？」這個問題——這確實幫助了很多學生。

那麼，如何避免這樣的問題呢？其實很簡單——試著站在評審者的立場上，確保你已清楚地闡明自己研究工作的影響，無論是針對提供資料的個人，還是針對與社會相關的機構與組織。此外，也必須提及研究的限

DOI: 10.4324/9781003334637-7

制——你的某些研究部分可能確實未完全按計畫進行。最後，還有對未來研究與實踐的建議——如果你可以重新進行這項研究計畫，你會做出哪些不同的改變？

撰寫「反思」章節的目的是為了確保評審者能看出你意識到自己的弱點，並且能夠從中學習。從錯誤中學習是一項重要的技能，無論是現在還是將來，因為犯錯並從中汲取教訓是你未來撰寫論文、報告或研究文章時提升能力的好方法。反思部分需要回答以下五個相互關聯的問題：

- 你的研究對學術界有何影響？
- 你的研究對實務界有何影響？
- 你的研究有哪些限制？
- 你對未來的研究有何建議？
- 這些影響和限制如何與你的研究問題相關？

你的研究有何影響？

你已經完成一項研究，因此明確說明該研究對其他學者的影響是很重要的，尤其是當他們想要複製你的論文、報告或研究文章中的內容時。這可能看似與從學期報告到涉及數百名受訪者的五年學術研究相距甚遠，但重點在於展現你能夠辨識出研究結果的影響。如果你的研究發現某個概念可以被不同的人以不同的方式理解，

那麼其他研究者可能會受到啟發，重新審視該概念的理解方式。恭喜你，這就表示你為學術研究作出了貢獻！

同樣重要的是，也需明確說明你的研究對實務界的影響，尤其若你的學術背景在商業研究領域，或你正在撰寫以提供實際解決方案為導向的實習報告或諮詢報告時。如果某組織幫助你取得資料或提供員工協助，那麼寫一份簡短的報告表示感謝是必要的，而這部分的「反思」章節內容可作為該報告的基礎。

你的研究有哪些限制？

每一項研究都有其限制。有時，事情並不會如你計劃的那樣發展；你可能無法得到理想的問卷回應數量，訪談效果也不如預期，或者事後回顧發現，若聚焦於研究問題中的某些特定議題可能會更合適。因此，在你的論文、報告或研究文章中明確說明這些限制很重要，這樣評審者可以看到你對研究過程中出現的問題有清楚的認識。能了解哪些方面出了問題，這實際上是一種優勢——表示你將來不會（或不應該）重蹈覆轍。問題在於，如果可以重新進行這項研究，你會如何做得不同？

未來研究建議

還記得緒論（第2章）中提到的研究範圍限制嗎？在界定範圍時，你清楚地說明了哪些內容不在你的研究

範圍內,並明確了你的論文焦點。現在,你需要說明如果能再次進行研究,或者給其他研究者一些建議,如何複製你的研究會更好。你可以聚焦於兩個方向。第一個方向是擴展你未涉及的部分,這是一種符合緒論中範圍限制的邏輯延伸,將注意力轉向當初選擇不深入探討的領域。第二個方向則是根據你的研究結果,或許某些結果並未如你預期,或者在與先前研究比較時,發現了一些意想不到的結果,在這些情況下,你可以建議未來的研究進一步探討這些結果或發現。

連結研究影響、限制與未來研究方向

回答研究問題是論文、報告或研究文章的基本目標,因此,將研究問題與反思部分的三個元素——限制、影響和未來研究建議——連結起來非常重要。關於研究的限制,你無法回答什麼問題?你是否按照計畫完成了整個研究,還是有一些問題導致部分研究問題未能得到解答?對於實務工作者和研究的影響又是什麼?

反思部分的三個要素自然地相互關連。從影響開始,說明論文、報告或研究文章的研究結果對於參與研究的相關人員或更廣泛背景中的人員的影響,以及對於想要複製研究的研究者而言有何意涵。你還需要明確說明未來的研究如何利用你的發現來回答因你的研究而產生的新問題。當然,研究的限制仍然存在,雖然這些限制

可能源於研究過程中的問題，影響你對實務或研究者所能提供的結論，但未來的研究可以彌補這些不足。

你可以將三個要素整合成一段邏輯清晰的論述，結構大致如下：「研究的影響是……，研究的限制是……，但這些限制可以透過進行以下研究加以解決。」以下是一個具體的範例，重要的詞用**粗體字**表示。這是一個虛構的例子，但它有助於說明這一點：

> One **implication** for political managers of this research is that Twitter is good at communicating short messages to first-time voters. However, a **limitation** of this research is that it focuses specifically on Twitter, so we cannot examine the impact of longer, text-based messages (for example, on Facebook) or visual messages (for example, on Instagram and YouTube). **Future research** could expand the scope of the investigation to include other social media platforms and other types of messages.

對於政治管理者來說，這項研究的一個**影響**是表明 Twitter 在向首次投票者傳達簡短訊息方面效果良好。然而，這項研究的一個**限制**是它專注於 Twitter，因此我們無法檢查較長的文字訊息（例如，在 Facebook 上）或視覺訊息（例如，在 Instagram 和 YouTube 上）的影響。**未來的研究**可以擴大研究範圍，包括其他社群媒體平臺和其他類型的訊息。

這是論文、報告或研究文章中反思部分的結構——你從分析或討論部分選出最重要的影響,然後展示這些影響的限制,並指出如何藉由解決這些限制來為未來研究奠定基礎。你可以根據需要多次重複這個結構,但應保持研究影響的數量合理——若分析或討論中僅有兩個重要的影響,不必勉強找出三個。如果可用字數有限,那麼選擇哪些影響就顯得尤為重要。

關於反思部分的參考文獻——有時,在反思部分中引用文獻是可行甚至有益的,尤其在討論未來研究的部分。例如,你可以強調某位研究者對某理論、模型或概念的理解在你的研究情境中比另一位研究者的理解更為適用,並用相關的參考文獻來支持這個觀點。然而,我建議僅引用已在文獻綜述中使用過的文獻,以保持論文的一致性。

總結

論文中反思部分(涵蓋影響、限制與未來研究)由三個相互關聯的要素組成。其目的在於展示你能夠為實務工作者和研究者提供具體建議(影響)、識別研究中遇到的任何問題以及這些問題如何影響你對實務工作者和研究者提出的建議(限制),並說明這些問題如何能在未來的研究中得到解決(未來研究要素)。

檢查清單

詢問你的指導教授
- 反思部分是否需要引用文獻？
- 需要包含多少研究影響？

注意事項
- **務必要**整合反思部分中的影響、限制和未來研究要素；
- **應該**接受你的研究工作存在限制；
- **應該**將反思部分的限制與緒論中的限制範圍聯繫起來；
- **不必**擔心研究中有些事情未如預期進行——反思這些問題是重要的技能。

常見錯誤
- 未清楚闡明研究的影響；
- 未承認研究的限制；
- 未展現研究如何對未來研究方向有所貢獻。

CHAPTER 8

The conclusion– and the introduction revisited

結論——回顧緒論

　　論文的最後一部分是結論。在這部分，你需要對自己的研究進行全面概述，說明你完成了哪些工作、是如何完成的，以及你發現了什麼。一個簡單的準則是，應該讓讀者能夠僅透過閱讀緒論和結論，就了解整篇論文的核心內容。然而，結論的作用不僅僅是對之前章節的總結；結論的關鍵在於讓評審者清楚你確實回答了研究問題。結論部分應回答以下問題：

- 研究問題是什麼？
- 你如何回答這個研究問題？
- 研究問題的答案是什麼？

當你完成結論後，論文、報告或研究文章就幾乎完成了。我之所以說「幾乎完成」，是因為雖然你已經有一個完

DOI: 10.4324/9781003334637-8

整的初稿可在時間緊迫的情況下提交，但若時間允許，建議你重新閱讀自己的作品，檢查緒論的內容是否與正文中的文獻綜述、方法論和方法部分一致。

結論

一個好的結論開頭方式是再次陳述你的研究問題。可以這樣寫：

The research question that was asked in this paper was:

How does Twitter affect voter behaviour?

簡單吧？直接複製你在緒論中明確表述的研究問題，並將其貼到上述句子中。為了更加清晰地呈現你的研究問題，可以使用與緒論中相同的格式：雙行間距隔開，然後呈現研究問題，再接著雙行間距後繼續正文內容。這樣一來，從結論部分的開頭，評審者便能清楚知道他們將根據什麼來評價你的論文。當然，如果評審者本身就是研究問題的設置者，他們自然對問題了然於胸，但這麼寫更是提醒自己，要記住你實際需要回答的問題。無論哪種情況，重複研究問題都是開始結論的好方法。

在重述研究問題之後的句子，則應描述論文的整體結構——也就是你如何解決研究問題的過程。在以下範例中，我採用了第 6 章關於質性研究的「研究發現」與

「討論」部分；若你進行的是量化研究（第 5 章），則可以將「研究發現」替換為「結果」，將「討論」替換為「分析」，並檢查方法論與方法部分的內容是否一致。

這是一個結論的範例，以一篇報告為例，可以這樣撰寫：

> In order to answer the research question, this paper began with an overview of the literature on voter behaviour and the impact of social media in the political sphere, with Twitter as the focal social media platform. This was followed by a presentation of the social constructivist methodology and interview method, and subsequently the findings of the investigation. After this, the paper discussed the findings of the investigation in the context of the literature on voter behaviour, and drew implications for practitioners and for future research.
>
> 為了回答研究問題，本文首先概述了關於選民行為及社群媒體在政治領域影響的相關文獻，並以 Twitter 作為核心社群媒體平臺。接著介紹了採用的社會建構主義方法論與訪談方法，隨後呈現了調查結果。在此基礎上，本文結合選民行為相關文獻，討論了調查發現，並對實務應用及未來研究提出了影響與建議。

到這裡，你應該會注意到，緒論和結論非常相似。緒論提供了你計劃完成內容的路徑圖，而結論則提醒評審者你是如何一步步達到現在的成果。撰寫這部分結論最簡單的方法是查看緒論中「結構描述」的部分，然後將其改寫為你實際完成的內容。這將為你的結論提供第一段文字。

接下來的段落根據你的研究結果或調查發現，以及分析或討論（取決於你使用的是量化或質化的方法）。如果結論部分還有足夠的字數空間，你可以為每個部分單獨寫一段文字，但在大多數情況下，通常只有一段。以下是一個假設使用質化方法的虛構範例：

> The findings of the investigation demonstrate that voters do pay attention to Twitter when deciding which candidate to vote for, and that Twitter is seen as a legitimate alternative news source to the traditional mass media, which supports Ott's (2017) research into Twitter as a competing information source. However, non-candidate influencers were not seen as relevant, going against current research (e.g., Vrontis *et al.* 2021). As such, the conclusion of this paper is that Twitter does affect voter behaviour, but only directly, as the impact of influencers over voter behavior may not be as pronounced as is the case with consumer behaviour.

調查結果表明，選民在決定投票給哪位候選人時確實會關注 Twitter，且 Twitter 被視為傳統大眾媒體的一個合法替代新聞來源，這支持了 Ott (2017) 關於 Twitter 作為競爭性資訊來源的研究。然而，一般網紅對選民行為並未被認為是相關的，這與當前研究（如 Vrontis 等人，2021）相矛盾。因此，本文的結論是 Twitter 確實影響了選民行為，但影響僅限於直接層面，因為網紅對選民行為的影響可能不像對消費者行為那樣顯著。

上述文字由三個句子組成。第一句描述了第一項發現（Twitter 作為新聞來源的合法性），並接著指出該發現如何與討論部分的現有文獻（Ott，2017 年的研究）一致。第二句沿用了相同的結構，先是描述調查結果（網紅不具相關性），然後連接到討論部分（Vrontis 等人，2021 年的研究）。最後一句總結了研究，回答了研究問題。你可以將「結論」一詞替換為「研究問題的答案」來檢查。如果句子仍然通順，那麼就表明你已經成功回答了研究問題。做得好！

重新回顧緒論

是的，你沒看錯標題：第一個撰寫的部分同時也是最後一個你需要調整的部分，這樣你的論文、報告或研

究文章才能成為一個整體、一致的作品。這聽起來或許有些奇怪，但如果你將寫論文、報告或研究文章視為一次旅程就會發現，很多時候，最終的目的地與你最初設定的地方並不完全一致。研究在許多情況下是一個逐步演進的過程；雖然最終你仍然會完成一份結構良好的論文、報告或研究文章，但在過程中，你可能會發現一條更好的路徑以抵達終點。那麼，該如何調整你的緒論，使你的作品成為一個完整且一致的作品呢？

　　首先，你需要再次通讀你的論文、報告或研究文章。在第一次閱讀時，你很可能會發現一些格式、拼寫和語法錯誤（我在寫這本書時也發現過！）。我會在第 10 章的「基本要求」(Hygiene Factors) 部分更深入地討論這些內容，但如果你覺得順手，在這一步驟中發現這些語言錯誤時，可以順便進行修正。

　　在第一次通讀幾乎完成的論文、報告或研究文章時，應該不斷地問自己所閱讀的內容是否符合研究問題。在極端情況下，你應該能夠從論文中選擇任何段落，並能解釋該段落如何有助於回答研究問題。

　　接下來的步驟是逐一檢視每個部分，並問自己這個部分是否與其他部分相契合。例如，當你在質性研究的背景下通讀文獻綜述部分時，思考你所使用的理論、模型或概念，以及你所確定的研究重點如何影響到結果部分的結構──結果是根據理論、模型或概念，還是根據

研究重點來組織的？或者是否有其他原因使你這樣結構化結果部分？

這種對論文、報告或研究文章的整體關注將使你的工作被理解為一個整體，而不是幾個獨立的部分。這樣做將使你的論述更為清晰，同時讓文章讀起來更具專業性。以下是一個我認為完整的結論範例：

CONCLUSION

The research question that was asked in this paper was:

How does Twitter affect voter behaviour?

In order to answer the research question, this paper began with an overview of the literature on voter behavior and the impact of social media in the political sphere, with Twitter as the focal social media platform. This was followed by a presentation of the social constructivist methodology and interview method, and subsequently the findings of the investigation. After this, the paper discussed the findings of the investigation in the context of the literature on voter behaviour, and drew implications for practitioners and for future research.

The findings of the investigation demonstrate that voters do pay attention to Twitter when deciding which candidate to vote for, and that Twitter is seen as a legitimate alternative news source to the traditional mass media, which supports Ott's (2017) research into Twitter as a competing information source. However, non-candidate influencers were not seen as relevant, going against current research (e.g., Vrontis *et al.* 2021). As such, the conclusion of this paper is that Twitter does affect voter behaviour, but only directly, in that the impact of influencers over voter behaviour may not be as pronounced as is the case with consumer behaviour.

結論

本文所提出的研究問題是：

Twitter 如何影響選民行為？

為了回答這個研究問題，本文首先概述了關於選民行為與社群媒體在政治領域影響的相關文獻，其中以 Twitter 作為主要研究平臺。接著，本文介紹了社會建構主義的方法論及訪談方法，隨後呈現了研究調查的結果。最後，本文將調查結果置於選民行為文獻的背景中進行討論，並為實務工作者及未來研究提出了啟示。

研究調查的結果顯示，選民在決定投票給哪位候選人時確實會關注 Twitter，且 Twitter 被視為傳統大眾媒體的合法替代新聞來源，這與 Ott (2017) 關於 Twitter 作為競爭性訊息來源的研究一致。然而，非候選人的影響者對於選民行為並未被認為具

有相關性,這與當前的一些研究(例如,Vrontis等人,2021)相矛盾。因此,本文的結論是:Twitter確實會影響選民行為,但主要是直接的影響,而非候選人的影響者對選民行為的影響可能不像在消費者行為中的影響那麼顯著。

檢查清單

詢問你的指導教授

- 如果有任何疑問,請及時尋求幫助!

注意事項

- **一定要**在完成撰寫結論後,重新通讀你的論文、報告或研究文章;
- **一定要**不斷質疑你所寫的內容如何有助於回答研究問題;
- **不要**認為緒論不能修改;
- **不要**害怕重寫部分內容,如果你認為有必要的話。

常見錯誤

- 沒有將論文、報告或研究文章當作一個整體文件來思考;
- 沒有在寫作過程結束時留出時間檢查上述事項。

CHAPTER 9

References and the bibliography

引用與參考書目

　　對於論文及大多數報告和文章來說，使用參考文獻是必要的。這些參考文獻可以來自許多來源，例如經過同行評審的學術期刊、書籍、報紙和網站。找到好的參考文獻需要練習，但圖書館也能提供幫助。參考文獻的相關性通常取決於你的論文、報告或研究文章的主題，更具體地說，取決於你的研究問題——研究問題中有哪些核心詞彙，這些詞彙是否在參考文獻中也很重要？

　　至於在論文、報告或研究文章中要參照多少參考文獻，這是一個平衡的問題。你正在寫的是 15 頁的實習報告還是 100 頁的論文？你的論文、報告或研究文章是專注於回答抽象的研究問題，還是實際的研究問題？你的讀者是誰——是實務工作者、大眾讀者，還是該領域的學術專家？在本書中沒有太多外部參考文獻，因為內容主要基於我自身的專業經驗，所以引用僅作為示例。

DOI: 10.4324/9781003334637-9

然而，如果你閱讀我的學術文章，你會發現我使用了更多的參考文獻來支持我的論點。

一旦你找到可能的參考文獻，就需要對其品質進行評估。有時，這相對簡單——如果相關參考文獻是一篇經過同行評審的學術期刊文章，那麼基本上是可靠的。當然，也有例外情況，但一般來說，你可以安全地使用與研究問題相關的學術文章。

同樣地，研究人員撰寫並由專門出版學術書籍的公司所出版的書籍也通常是可靠的。不過，這裡你需要稍微謹慎一些，因為有些書籍是為了提出一個新的理論或研究領域的新方法，這些書籍通常適合作為參考；而有些書籍則是為了引發辯論，可能不適合用於你的論文、報告或研究文章。在選擇時需仰賴你的直覺和常識，且不要忘記參考文獻的相關性取決於你的研究問題。

另一類參考文獻雖然非學術性，但仍然可能有參考價值。傳統報紙、行業雜誌及其他大眾媒體來源也可以用於你的論文、報告或研究文章中，但需要更加謹慎。這些來源可以為你的研究提供背景資訊。你需要問自己的一個重要問題是：包含這個參考文獻的目的為何？如果是為了支持學術論點，那麼要特別小心；如果是為了引導讀者關注研究問題的背景，那麼通常來說使用這些來源會比較安全。

最後一類參考來源是可公開編輯的維基、線上部落格或論壇文章。其中最知名的可公開編輯的維基百科 (Wikipedia) 是一個重要的知識來源，但由於任何人都可以編輯內容，因此我不建議將其作為學術知識的參考。同樣地，部落格和論壇文章通常是關於某個主題的個人意見，而非經過嚴格的同行評審的學術作品。當然，這些部落格或論壇文章也可能是由學者或領域內其他高度受尊敬的專業人士所撰寫，因此是否使用這些來源作為參考仍需依賴你的直覺和常識作判斷。

關於參考文獻的最後一點——抄襲 (plagiarism)。剽竊在高等教育中是一種非常嚴重的違規行為，因為它涉及將他人的研究作為自己的使用——基本上就是抄襲。若你引用了他人的研究，務必要註明來源。如果不確定是否需要引用，寧願多加註明來源，也不要冒險少寫一次。同樣地，此原則也適用於你自己之前的作品——自我抄襲 在高等教育中同樣是嚴重的違規行為。所有教育機構都擁有先進的電腦程式，可以搜尋全球的文本，包括來自其他高等教育機構學生提交的論文。每個教育機構對於抄襲都有自己的政策；在我所在的大學，最輕的處罰是取消該論文的成績，最嚴重的處罰是五年內不得進入丹麥任何一所大學學習。我無法充分說明抄襲的後果：如果有疑問，一定要詢問你的指導教授！

參考書目

根據我的經驗，參考書目是論文、報告和文章中經常被忽視的部分之一。這可能會成為一個問題，因為有些評審人在審閱論文、報告或研究文章時，會先查看參考書目以了解使用了哪些參考資料。因此，一份格式良好的參考書目能夠令人留下良好的第一印象。而我們都知道，好的第一印象非常重要！

在參考書目中呈現參考文獻時，請使用標準化的引用格式，例如哈佛大學 (*Harvard University*)、美國心理學會 (*American Psychological Association*, APA)，或芝加哥手冊 (*Chicago Manual of Style*) 的引用格式。你需要詢問指導教授的偏好——有些老師（像我）對學生選用哪種系統並不介意，只要使用了統一的格式即可，而另一些則可能對某一種格式有明確的偏好。

正文中的引用與參考書目中的引用在格式上是緊密相關的，因為最重要的是要讓你的指導教授和評分人員能夠找到這些參考文獻。因此，如果你無法找到特定的參考文獻，至少要確保你提供了盡可能多的資訊。畢竟，既然你能找到該資料，你的指導教授和評分者也能夠找到，並自行判斷這些參考文獻是否合適。

以下是我在這本書中使用的參考文獻清單。我沒有故意使用任何特定的引用格式，因為這份清單只是為了

展示有時候只要能找到參考文獻就不是問題（你可以自己檢查）：

Chen, H. (2015), "College-Aged Young Consumers' Interpretation of Twitter and Marketing Information on Twitter", *Young Consumers*, Vol. 16 (2): 208–221.

Lees-Marshment, J. (2001a), "The Marriage of Politics and Marketing", *Political Studies*, Vol. 49 (4): 692–713.

Lees-Marshment, J. (2001b), *Political Marketing and British Political Parties: The Party's Just Begun*. Manchester: Manchester University Press.

Ormrod, R. P. (2006), "A Critique of the Lees-Marshment Market-Oriented Party Model", *Politics*, Vol. 26 (2): 110–118.

Ormrod, R. P., Henneberg, S. C. and O'Shaughnessy, N. J. (2013), *Political Marketing: Theory and Concepts*. London: Sage.

O'Shaughnessy, N. J. (1990), *The Phenomenon of Political Marketing*. London: MacMillan.

Ott, B. L. (2017), "The Age of Twitter: Donald Trump and the Politics of Debasement", *Critical Studies in Media Communication*, Vol. 34 (1): 59–68.

Ross, A. S. and Rivers, D. J. (2018), "Discursive Deflection: Accusations of 'Fake News' and the Spread of Mis- and Disinformation in the Tweets of President Trump", *Social Media + Society*, Vol. 4 (2).

Vrontis, D., Makrides, A., Christofi, M. and Thrassou, A.

(2021), "Social Media Influencer Marketing: A Systematic Review, Integrative Framework and Future Research Agenda", *International Journal of Consumer Studies*, Vol. 45 (4): 617–644.

有幾個重要事項需要注意。首先，參考文獻是按字母順序排列的。這樣可以讓指導教授和評分人員更容易在書目中找到相關的參考文獻。其次，參考書目沒有按不同類型的文獻分類——書籍 (Ormrod *et al.* 2013) 和文章 (Ott 2017；Vrontis *et al.* 2021) 不是分開的，而是合併在一個列表中。第三，書目中沒有「次級」參考文獻——即那些未在正文中使用但你仍認為重要的參考文獻；如果某文獻重要到需要列入參考書目，那麼它也應在正文中有所引用。最後，如果有來自同一作者且同一年份的多個文獻，例如 Lees-Marshment 的兩篇 2001 年的文獻，則需要在格式中加以區分。不同的引用格式對這類情況有不同處理方式，因此準備參考書目時要熟悉所使用的格式規範。

在格式化論文、報告或研究文章中的參考文獻時，可能還會遇到其他問題。首先，你可能會在一篇學術文章中找到對另一篇學術文章（即「二手資料」）的引用，而這篇文章看起來對你的論文、報告或研究文章非常有幫助。在這種情況下，你需要找到並閱讀這篇被引用的文章（即第二篇學術文章），以確認它的內容確實與你

的研究相關。然而，你可能無法找到那第二篇學術文章，在此情況下，可以在正文和參考書目中註明這篇文獻，同時使用"in"這個詞來表示你在某篇學術文章中找到了對第二篇學術文章的引用。這樣可以表明你了解該文獻的重要性，但也明確指出它是間接來源。以下是一個示例：

O'Shaughnessy (1990, in Ormrod *et al.* 2013)

從實用的角度來看，使用特定的引用格式也會讓你的工作變得更簡單，因為透過逐行閱讀你的論文、報告或研究文章，會迫使你檢查不一致之處、拼寫或語法錯誤，以及其他你可能未注意到的問題。僅僅關注參考書目就能讓你的論文、報告或研究文章顯得更加專業。這些我稱之為「美觀性基本要求」(aesthetic hygiene factors)，我會在第 10 章中進一步討論。如果有疑問，可以參考學術文章的參考書目來看看它們是如何處理的。

檢查清單

詢問你的指導教授

- 如果有疑問，請向指導教授詢問（或查看學術文章的參考書目）；
- 詢問應使用哪種引用格式（例如，哈佛、APA）；
- 詢問合適的參考文獻數量。

注意事項

- **建議**使用經過同行評審的學術文章；
- **建議**使用由研究人員撰寫或編輯的書籍章節；
- **可以**使用公司網站和報告，但僅限於與研究相關的內容；
- **可以**使用報紙和雜誌，但僅在它們與研究相關的情況下；
- **不建議**使用可自由編輯的維基、部落格或論壇文章作為學術來源；
- **不要**抄襲或自我抄襲！

常見錯誤

- 通常引用越多越好，但要考慮你撰寫的作品類型，以及參考文獻是否包含在字數限制內；
- 沒有對參考書目給予足夠重視。

CHAPTER 10

Hygiene factors

基本要求

有一位好朋友曾經看過我撰寫的一篇文章草稿,並評論說,我必須增加一些對關鍵研究者的引用,這是一種「基本要求」。朋友的意思是,在撰寫的論文、報告或研究文章中,有些事情是必須要做到的。這些要求可能包括引用你研究領域內的重要研究者,以承認他們在該領域的貢獻(就像我朋友提到的情況),也可能只是像使用特定字體或版面格式這樣簡單的事情。這些基本要求本身可能不會直接提升你的成績,但如果忽視了它們,卻可能導致扣分。

大多數的基本要求集中於一般的版面配置、格式、拼寫和語法,並確保你的論文、報告或研究文章易於閱讀,文本看起來專業且「賞心悅目」。注意這些美學基本要求還能使指導教授和評分者更容易理解你的論點。這樣一來,他們可以專注於你的研究如何支持結論,以及你如何回答研究問題,而無須費力去弄清楚你寫了什

DOI: 10.4324/9781003334637-10

麼。這些美學基本要求比許多人所認為的更加重要，因此不要忽視它們！

　　確保美學基本要求適合你的論文、報告或研究文章是一個關鍵考量，因為這些因素如何影響你的作品，在很大程度上取決於你在撰寫何種類型的作品（例如，學術論文或針對實務的報告）以及寫給誰看（例如，指導教授或一家公司）。你可以採取一些措施來改善論文、報告或研究文章的語言表達、易讀性和整體專業外觀，這將有助於為你的作品創造一種積極的氛圍，因為對於你的指導教授，尤其是評分者而言，必須費力閱讀和試圖理解論點的作品是非常令人沮喪的。

格式化

　　格式化是指將你的論文、報告或研究文章排版，使其在視覺上看起來專業。一篇外觀專業的論文、報告或研究文章包含許多要素，如適當的邊距、行間距、字體和文字對齊方式。首先，你需要確認指導教授是否提供了格式設計的指導方針──某些教育機構對邊距寬度有規定，或要求使用特定的字體，而某些指導教授也可能有自己的偏好。通常，我對格式設計持非常務實的態度，但我會要求學生將文本對齊方式設為「左右對齊」，讓每一行文字都達到兩側邊界。

字體

若可以自由選擇字體,那麼請仔細考慮你的選擇。Times New Roman 和 Calibri 都是常見的字體,但你可能更喜歡其他字體。使用自己偏好的字體並沒有問題,但必須考慮它是否讓你的論文、報告或研究文章更易於閱讀。如果是,那麼可以使用該字體;如果不是,那麼最好選擇其他字體。以下是用不同字體呈現研究問題的範例,字級大小相同,括號中標註了字體名稱:

How does Twitter affect voter behaviour? (Times New Roman)
How does Twitter affect voter behaviour? (Baskerville)
How does Twitter affect voter behaviour? (Calibri)
How does Twitter affect voter behaviour? (Edwardian script)

在上述四種字體中,前兩種 Times New Roman 和 Baskerville 是襯線字體 (serif fonts)。襯線字體的特點是字母末端帶有小的裝飾性筆畫,通常給人一種更傳統、更正式的感覺。而像 Calibri 這樣的無襯線字體 (sans serif fonts) 則沒有這些裝飾筆畫,外觀更具「方塊感」,看起來更現代,且顯得更輕鬆和非正式。如果你觀察不同品牌的標誌,就會發現有些使用襯線字體,有些則使用無襯線字體。使用哪種字體取決於你(或你的指導教

授），但重要的是要把字體視為展現論文、報告或研究文章風格的一部分。我列出了第四種字體 Edwardian Script 作為襯線字體的極端範例——你可以明顯看出它並不適合作為撰寫論文、報告或研究文章的字體。

圖表、圖示和表格

另一個需要檢查的事項是所有的圖表、圖示和表格是否都有標題和編號。這是必要的，如此一來讀者才能知道他們正在查看的是什麼——該圖表或表格代表什麼？文本中提到的是哪一個圖表或表格？如果文本中只有一個圖表或表格，那麼即使忘記標註編號，問題也不大。但如果使用了多個圖表來說明研究結果，或者用多個表格來展示不同的效度或信度統計數據，你就會發現，若指導教授和評分者無法快速、輕鬆地找到文本中提到的具體圖表或表格，他們將難以理解和核實你所提到的資訊，這就會成為一個問題。

「我」還是「我們」？

查看任何學術文章，你會發現作者通常用「我們」(we) 來指代自己，即使文章只有一位作者也是如此。所以問題是，到底應該使用哪個詞？使用「我」(I) 顯得較不正式，適用於寫給非學術觀眾的報告或文章，或者是想與學術觀眾建立輕鬆聯繫時（如同我在這本書中

使用的那樣）。而使用 we 則更為正式，最適合在需要將自己和自己的觀點與論文、報告或研究文章中的論點和結論區分開來的情況下使用。最後一種選擇是逐一修改文章中出現 I 或 we 的句子，將其改為 the author 或 the authors。不同的指導教授對於在論文、報告或研究文章中如何指代自己有不同的偏好，因此最好向你的指導教授徵詢意見。

格式化參考文獻

參考文獻也需要進行格式化。你可能會使用像 Endnote 這樣的書目管理軟體，這些工具能讓你的工作更加輕鬆，因為你可以設定特定的引用格式，然後讓電腦完成剩下的工作。另一種選擇是自己手動格式化；這也是我個人的做法，因為我喜歡檢查文本中的參考文獻。首先，我會通讀文本，確認文本中所有引用的文獻都有列入參考書目。然後，我會檢查參考書目中的所有參考文獻，以確認它們都在文本中出現。透過這種方式，可以確保發現任何在寫作初期添加但最終未使用的參考文獻，不論原因是什麼。

語言、拼寫和語法

在完成論文、報告或研究文章的撰寫，並確認你在結論中回答的問題與緒論中提出的問題一致，這時就該

檢查文章的語言──愚蠢的拼寫和語法錯誤，以及整體的可讀性。

你可能會想：「為什麼他現在才提到可讀性？不是應該在寫作一開始就說明嗎？」對於此問題的回答是：這取決於每個人的寫作風格。所以不要因為刻意模仿某種寫作方式而限制自己。有些句子你可能知道可以用更好的詞彙表達，但一時想不出來。在這種情況下，繼續寫作，稍後再回來修改這些句子即可。

我在撰寫這本書時也使用了這種方法。例如，我不確定整本書中各個部分的標題該如何格式化（例如，緒論、方法論和方法、結論）。它們應該使用粗體嗎？應該使用斜體嗎？你可以看到我最後的選擇，而這是在與編輯討論並檢查出版社（對於你來說就是指導教授）的正式要求之後才定下來的。不過，在撰寫過程中，我並未糾結於這個問題。

一般來說，我會告訴學生，先盡情地寫到寫不下去為止，然後再回頭檢查哪些段落太長、哪些太短，以及作品各部分是否存在字數分配不均的情況。有些人會寫得過多──我自己也有這樣的傾向──所以我通常先盡情地寫，然後再回頭縮短文本。如果寫完後覺得內容太少，那就需要重新閱讀已經寫好的部分，思考是否某些段落的深度不夠。有時哪些部分太短會很明顯，或者

你可以回到本書每一章開頭的問題，看看是否已充分回答了它們。

這也取決於你正在撰寫的論文、報告或研究文章的類型。如果你正在寫一篇包含大規模研究的研究生論文，必須涵蓋結構中所有階段的內容。我的建議是，對於那些能夠顯示你對學位課程所有相關內容總體理解的部分，應該更加重視。在研究生論文中，可以優先處理文獻綜述和結果與分析部分，或者根據你的研究方法與方法論，優先處理研究結果與討論部分。另一方面，若你正在撰寫一篇實習報告，就需要側重於反思部分中對實習意義的探討，因為這是實習報告的核心目的。最後，如果是方法論相關的文章，則應該將重點放在方法論與方法部分，以及結果或研究發現部分。考慮你的寫作目的，並相應地進行重點安排。

第二個階段是大聲地朗讀你的論文、報告或研究文章，確實專注於每個單詞的發音。請先閱讀下方三角形中的文字：

Paris in the
the Spring

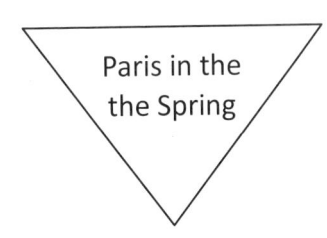

Figure 10.1 *Top-down processing*

"Paris in the Spring"，對嗎？錯了！再次閱讀三角形中的文字，這次請大聲朗讀。事實上，三角形中的句子是 "Paris in <u>the the</u> Spring"。你有發現多出的 the 嗎？如果這是你第一次接觸這種情況，你可能沒注意到這個多出的 the。這種現象是因為你的大腦利用認知心理學家所說的「自上而下處理」來快速得出答案；你的大腦利用對句子的既有知識來加快閱讀過程。簡言之，大腦很懶惰，會盡可能採用捷徑來避免工作（聽起來是不是很熟悉？）在你的論文、報告或研究文章的上下文中，這是指有時多餘的單詞可能會悄悄地潛入句子中，或者有些單詞可能會不知不覺地從句子中消失。如果只是默讀文本，可能無法察覺到這種錯誤。

另一個問題是拼寫。請閱讀以下文本：

> If you can raed tihs txet tehn you are nmarol, as yuor biran just lkoos at the frsit and lsat lterets in ecah of the wdros and tehn raenarergs tehm besad on psat enxcepreie. Not eyrenove can raed it so I've witrten a 'traslonirtan' at the end of tihs pgae.

你可能曾在社群媒體網站上看過類似的文本，這也證明了我的觀點：大腦會以另一種方式被欺騙。再次說明，能夠理解拼寫錯誤的文本是因為你的大腦很懶惰。在這種情況下，可以把大腦的作用理解為一種類似於智慧型

手機上的「預測文字」(predictive text)。不同的是，大腦通常能正確預測（而智慧型手機有時會犯錯，結果相當有趣），但在校對你的論文時，這種能力並不總是有幫助的。以下是該文本正確的書寫方式：

> If you can read this text, then you are normal, as your brain just looks at the first and last letters in each of the words and then rearranges them based on past experience. Not everyone can read it, so I've written a 'translation' at the end of this page.

我知道這通常不太可能，但請試著在論文完成後，幾天內不要查看它，讓你的大腦休息，這樣可以用新的視角重新審視你的論文、報告或研究文章。如果真的不行，那麼我的建議是，至少抽出一個下午和晚上的時間放鬆一下——和某人一起散步、運動、看電影，做任何能讓你暫時忘記論文、報告或研究文章的事情。你會有全新的視角，並能發現一些錯誤（我就是這樣！）。如果可能的話，試著把你的論文、報告或研究文章大聲讀給朋友或伴侶聽；如果他們都不在，對著植物或牆壁也可以。我保證你會發現一些小錯誤，比如多打的空格。因此，如果能在寫作過程中預留時間檢查你的文本，將會非常有幫助。

檢查清單

詢問你的指導教授

- 有關不同格式選項的偏好；
- 如果不確定，詢問需要採用何種寫作風格。

注意事項

- **應該**先寫出來，隨後可以再修改文本；
- **應該**大聲朗讀你的論文、報告或研究文章，這有助於發現一些小錯誤；
- **應該**考慮你的論文、報告或研究文章是為誰撰寫的，以及是針對哪門課程。

常見錯誤

- 把重點放在錯誤的部分；
- 未修正拼寫、文法及格式錯誤。

CHAPTER 11

Alternative thesis, report and paper structures, and the oral defence

其他類型的論文、報告與研究文章結構及口頭答辯

過往經驗告訴我，大多數學生都在現實世界中進行過調查，並且通常會設計問卷或進行多次訪談。正因如此，本書重點介紹了量化和質化兩種建構論文、報告或研究文章的方法，這取決於你在研究中使用的是哪一種方法。當然，還有其他種類型的論文、報告或研究文章，可能是你的指導教授要求撰寫的，或是你自己選擇撰寫的。本章的第一部分將探討其他三種不同類型的論文、報告或研究文章，並說明如何將本書中介紹過的結構進行調整，以反映每種類型的獨特特徵。

本章的第二部分則聚焦於口頭答辯（或在某些論文的情況下，稱為 viva）。部分學生對口頭答辯感到焦慮，

DOI: 10.4324/9781003334637-11

但其實沒必要如此。雖然口頭答辯從技術上來說不屬於書面論文、報告或研究文章的一部分，但在某些情況下，它是考試的一部分，你甚至可以利用文本的結構來組織你的答辯內容。我在本章中提供了一些技巧，可幫助你在口頭答辯中發揮優勢。

不同類型的論文、報告和研究文章

我的建議是，所有的論文、報告與文章都應該包含本書中所提到的各個部分的要素。然而，有時候你可能會撰寫一些結構不同的論文、報告或研究文章，這可能是因為指導老師的要求、課程設計的規定，或者你自己決定採用不同的方式。在這些情況下，考慮並運用本書所提供的結構還是很重要，但只需使用與你的論文、報告或研究文章相關的部分。接下來，我將深入探討三種不同的論文、報告或研究文章結構：第一種以理解某個案例為核心，第二種改變了本書所介紹的結構內容，第三種則將本書的結構順序重新排列。

如果你正在撰寫一篇比較和對比不同觀點的論文、報告或研究文章，並使用當時存在的資料數據，那麼你可能不需要自己去收集任何原始資料。在這種情況下，文獻綜述部分將包含對你要使用的不同觀點的描述，以及這些觀點如何幫助你回答研究問題；研究方法與方法論部分將聚焦於案例研究方法及其優劣勢；研究發現部

分將專注於如何使用文獻綜述中介紹的不同觀點來理解該案例；而討論部分則會比較和對比這些不同的觀點（隨後是反思與結論部分）。如你所見，這個結構基本上與本書中介紹的結構相同，只是特別著重於案例研究方法及其優劣勢的描述。

當你撰寫正式的文獻回顧時，你不會出去詢問他人問題或訪談他們為何持某種觀點。相反，正式的文獻回顧是針對某個非常具體的議題搜尋學術文章和書籍，並理解它們之間的關聯性。這是一個相對簡化的描述，因為文獻回顧也有不同的方法，例如：使用量化的方法選擇文章和書籍（如選擇標準是包含特定關鍵字），或使用質化的方法選擇文章和書籍（如選擇標準是研究者的專業判斷）。

雖然正式的文獻回顧遵循本書所介紹的一般結構，但你需要問自己的問題會略有不同。例如，在正式的文獻回顧中，通常建議在前言後設立一個專門的部分，介紹論文、報告或研究文章的背景。而你的研究結果——在搜尋過程中選定的文章和書籍數量——可以考慮包含在研究方法與方法論部分中。

我的基本建議是憑藉你的直覺，思考什麼是合乎邏輯的。一種可能性是將研究方法與方法論部分的標題更改為更能反映內容的名稱，例如「文獻選擇」。當文獻選定後，你可以直接進入論文、報告或研究文章的文獻

回顧部分。詢問你的指導教授是否有特定的偏好。針對正式的文獻回顧，結構可以如下：

1 Introduction 前言
2 Background 背景
3 Literature Selection 文獻選擇
4 Literature Review 文獻回顧
5 Reflections: Implications, Limitations and Future Research 反思：影響、限制和未來研究
6 Conclusion 結論

　　最後，採用紮根理論的研究方法進行研究時，將顛覆本書中介紹的結構順序。簡而言之，紮根理論以從觀察中創建理論為出發點。這表示方法論和方法部分需要放在文獻綜述之前，因為相關文獻是你選擇的資料的一部分——先前研究的結果可以為你的研究問題提供一個視角，但通常需要包含你自己的觀察。對於採用紮根理論方法的論文、報告或研究文章，其結構可能如下所示：

1 Introduction 緒論
2 Methodology and Method 方法論與方法
3 Findings 研究發現

4　Discussion 討論
5　Implications, Limitations and Future Research 影響、限制和未來研究
6　Conclusion 結論

每個部分的結構仍然按照本書中相關章節所描述的方式進行，只是順序有所改變。同時，這樣的安排會讓你意識到文獻綜述被視為研究發現的一部分，而不是單獨的一節。此外，可能需要擴展緒論部分，以確保能充分解釋研究背景（開場白、目標和動機）。而且你也必須仔細考量研究的範圍限制，因為紮根理論的重點在於擴展知識，過於詳細的範圍限制可能會適得其反。

口頭答辯

對於自己的論文以及某些報告和文章，你無疑會有機會進行口頭答辯。在答辯中，你將面對指導教授，可能還有一位外部審查員，他們會對你過去幾個月的努力進行深入提問。沒錯，口頭答辯其實是一件好事。它為你提供了一個機會，可以解釋任何錯誤、澄清審查員的疑問，並展示你如何進一步發展自己的研究。此外，你還可以藉此機會為討論創造一個框架，這將成為你的優勢。因此，積極面對口頭答辯，因為這可能幫助你獲得更高的評分。

當然，這說起來容易要做起來卻很難。許多人，包括我在內，都曾在口試時「腦袋一片空白」。我個人深知，在面對指導教授和外部口試委員時，若無法回答關於自己花費數月心血完成的論文、報告或研究文章的問題，會是一種多麼不愉快的經歷。對指導教授和口試委員而言，看到一位每週上課、準備充分且積極參與的學生，卻在最後一關失利，也是一件令人遺憾的事。

首先要記住的是要做好準備。務必向指導教授詢問他們的期望，並檢查課程描述中的正式要求。如果需要進行簡報，請務必了解簡報的時間長度。如果你準備了一份需要 20 分鐘來展示的詳細簡報，但只有 5 分鐘的展示時間，那顯然是不合適的。如果可能的話，確保你清楚考試的確切時間和考場位置；如果有機會提前看考場那就更好了，因為這樣能更了解考試當天的情況。

如果你被允許進行簡報，可以利用它來達成以下三個目的：介紹自己論文、報告或研究文章的各個要素；指出在提交後發現的任何弱點或錯誤；以及在你的工作結論部分進行擴展。在簡報時請記住，評分者已經閱讀過你的作品，這意味著他們對你論文的結構和內容已有充分的了解，因此不需要在簡報中花費全部時間來講述你所做的事——你可以放心地假設他們已經知道這些。儘管如此，簡報中還是需要花一些時間介紹你的研究工作，一個基本準則是將簡報的三分之二用於此部分。

在口試中，簡報的第二個用途是承認自己在論文、報告或研究文章中所犯的任何錯誤。我指的不是拼寫或語法錯誤，而是內容上的錯誤，例如論點中的漏洞，或計算方面的問題。不要擔心因為犯錯而感到尷尬，更不要寄望評分者沒有注意到這些問題。能夠檢視自己所做的工作並看到其中的弱點，表明你對自己的研究有了更高層次的理解。

簡報的第三個用途是提供一些「額外的內容」。這指的是一些不包含在你的論文、報告或研究文章中的資訊，但基於你的研究結論進一步延伸。例如，合作的組織可能在背景環境上發生了變化，那麼，這些變化是什麼？為什麼會發生？它們對你的結論有何影響？如果你在反思部分討論了某個議題，可以利用簡報進一步闡述自己的想法。這樣的補充有兩個目的。首先，這表明你不僅是撰寫，還真正理解了你的結論的意義。其次，這也表示你能夠在口試中為討論建立框架。

當完成簡報後，通常會根據你的研究內容被問一些問題。其中一些問題可能是針對你寫的部分，例如評分者對某些內容感到不確定，想要釐清；或者他們可能希望聽聽你對研究結論相關議題的看法，或對你簡報中提到的內容有更多了解。最重要的是要記住，評分者是真心想與你進行對話，討論你所寫的內容。畢竟，在考場中，你是對自己的研究內容最了解的人，對吧？

你其實可以利用本書中的結構來回答評分者的提問。將評分者提出的問題視為研究問題；接著說明你將使用研究中的哪個模型、理論或概念來回答該問題；然後進行分析或討論，最後以針對提問的回答作為總結。

檢查清單

詢問你的指導教授
- 哪種結構最為合適；
- 是否能幫助你準備口頭答辯（如果有的話）。

注意事項
- 記住本書提供的結構是一種通用框架——你的論文、報告或研究文章可能會採用不同的順序；
- 如果有口試簡報，請在簡報中提供一些「額外內容」——記住，評分者已經讀過你的文章；
- 應考慮如何在口頭答辯中有效運用每一張簡報；
- 不要在口頭答辯時驚慌！記住，你是最了解自己論文、報告或研究文章的人。

常見錯誤
- 沒有考慮哪種結構最適合自己的論文、報告或研究文章類型；
- 沒有為口頭答辯做好準備。

CHAPTER 12

How to structure a thesis, report or paper
如何架構一篇論文、報告或研究文章

本章為你提供了論文每個部分及其相應問題的完整概述。如果我的學生是第一次寫論文、報告或研究文章，我會建議他們把每個問題都寫在一個新的檔案中，然後逐一回答。之後，再將所有文本整合在一起，每個部分應該都有足夠的內容來回答研究問題。下次撰寫論文、報告或研究文章時，可以嘗試這種方法。

1. 緒論 (Introduction)

- 「開場白」：你的論文、報告或研究文章的背景是什麼？
- 你的論文、報告或研究文章的目標是什麼？
- 你的論文、報告或研究文章的動機是什麼？
- 研究問題是什麼？

DOI: 10.4324/9781003334637-12

- 你的論文、報告或研究文章的範圍限制是什麼？
- 你的論文、報告或研究文章的結構是什麼？

2. 文獻綜述 (Literature overview)

- 你使用的是哪種理論、模型或概念？
- 為什麼選擇這個理論、模型或概念？
- 這個理論、模型或概念是什麼？
- 在你的論文、報告或研究文章背景下，這個理論、模型或概念是什麼？
- 你得出了哪些假設，或有哪些研究興趣領域？
- 你的文獻綜述如何有助於回答你的研究問題？

3. 方法論與方法 (Methodology and method)

- 你使用了哪種方法論，為什麼選擇它？
- 你採用哪種研究方法，為什麼？
- 你的品質標準是什麼，為什麼選擇這些標準？
- 你是如何進行研究調查的？
- 這些方法如何與你的研究問題相關？

4. 量化研究：結果 (Quantitative: results)

- 你如何準備資料？
- 你的資料的效度和信度統計是什麼？

- 你的研究結果是什麼？
- 你的假設是得到支持還是被否定？
- 這些結果如何與你的研究問題相關？

5. 量化研究：分析 (Quantitative: analysis)
- 你的假設為什麼得到支持或被否定？
- 這如何回答你的研究問題？

或者

4. 質性研究：研究發現 (Qualitative: findings)
- 你的研究發現是什麼？
- 使用引述來舉例說明你的論點。
- 你的研究發現如何與你的研究問題相關？

5. 質性研究：討論 (Qualitative: discussion)
- 你的研究發現代表什麼意涵？
- 你的研究發現如何回答你的研究問題？

6. 反思：影響、限制及未來研究方向建議 (Reflections: implications, limitations and suggested future research)

- 你的研究對實務界有何影響？
- 你的研究對學術界有何影響？
- 你的研究有哪些限制？
- 你對未來的研究有何建議？
- 這如何與你的研究問題相關？

7. 結論 (Conclusion)

- 研究問題是什麼？
- 你如何回答這個研究問題？
- 研究問題的答案是什麼？

8. 參考書目 (Bibliography)

- 你使用的是哪種引用格式？
- 文中所有的引用是否也出現在參考書目中？
- 參考書目中的所有引用是否也出現在文中？
- 所有引用是否按字母順序排列？

這些問題將幫助你在撰寫論文、報告或研究文章時有一個清晰的結構和方向。

CHAPTER 13

Finished! Sort of . . .

完成了！算是吧……

　　在指導各個階段的學生超過十年後，我詢問他們本書第 12 章中所提供的模板，以及我在一系列研討會中給出的建議，是否對其他學生也會有幫助。他們的回答是響亮的「是」。在更多學生的鼓勵下，我寫了這本書來幫助你結構化論文、報告或研究文章。這個想法是，有了結構，你可以「填補空白」，這將使你的工作更加清晰——不一定更簡單，但會更容易掌握。

　　本書中介紹的結構雖然是通用的，在大部分情況下都適用，但有時你需要根據撰寫的論文、報告或研究文章類型，或者為了符合指導教授的要求而稍作調整。這個結構也是基於一篇社會科學領域的論文，並進行了實際調查，我主要使用問卷和訪談作為具體示例。然而，你可能研究的是藝術或自然科學的內容，因此需要根據自己的研究領域，選擇最適合的方式。這就像「聽取所有建議，然後忽略其中三分之二」。

DOI: 10.4324/9781003334637-13

通常，你會被給予一個報告或論文的標題，然後必須回答這個標題；有時，你則可以自己決定標題。如果你需要決定自己的標題，請務必謹慎處理，因為這是你給人留下的第一印象。同樣地，你可能需要撰寫摘要和一些關鍵詞；如果你是與外部機構合作撰寫報告，或許還需為該機構提供一份簡短的研究結果報告。如果你的研究涉及兩個或更多機構，情況會更複雜，但仍然可以完成。

最終，指導教授的意見才是最重要的指導方針，因為每位教授都有自己的偏好。有些指導教授會希望你將「研究發現」(Findings) 這一部分命名為其他名稱，例如「研究結果與分析」(Findings and Analysis) 或「分析」(Analysis)。有些指導教授則喜歡將「研究方法論與方法」(Methodology and Method) 部分安排在文獻綜述 (Literature Overview) 之前。有些甚至會對引用格式有明確要求。我必須強調——務必遵從指導教授的建議！

標題

在許多考試論文中，題目通常是指定的，你需要針對它進行回答。然而，若能自行選擇論文、報告或研究文章的標題，這將是一個讓自己自由發揮的好機會。如果你參考學術文章，會發現標題的結構方式有許多不同類型。最重要的是須確保標題能準確反映你所撰寫的內

容,因為這是指導教授及評分者首先看到的部分,也將建立他們對文章內容的第一印象,並影響他們的期待。

如果你正在撰寫論文,通常可以選擇較長的標題。以下是我碩士論文的標題:

Qualitative and Quantitative Investigations into a Conceptual Model of Political Market Orientation
《對政治市場導向概念模型的質性和量化研究》

是的,這個標題相當長,但它涵蓋了論文的所有內容——我對組成政治市場導向模型的概念進行了質性和量化研究。回想一下本書中的方法論和方法章節,以及我建議在你的文章中只專注於一種方法——當時的我還沒有現在這樣的經驗。

另一種選擇是使用完全相反的方式,也就是擬定一個字數極少的標題。極端的例子是,你可能會有一本課程教材,標題只有一個詞:

Marketing 行銷

即便如此,當你看到這本教材有約 600 頁長時,這個簡單的標題也能傳達你需要知道的核心內容……

介於兩者之間的標題則通常較短,但能夠涵蓋主題

範圍，有時以一個完整句子呈現，有時是一個簡短的問題（例如研究問題）。另一種常見的標題形式使用冒號將標題分成兩部分，第一部分指出論文、報告或研究文章涵蓋的一般領域，第二部分則聚焦於具體主題：

Political Marketing: Theory and Concepts
《政治行銷：理論與概念》

這是我與兩位同事共同撰寫的一本書的標題。你可以看到，標題的第一部分「政治行銷」表明了一般的研究領域，而第二部分「理論與概念」則說明了更具體的研究焦點。無論選擇何種標題，都要確保它與你所撰寫的內容相關，而且標題相對簡潔（不要像我碩士論文的標題那樣冗長）。

摘要

摘要是對論文、報告或研究文章的簡要介紹，讓感興趣的人可以快速了解你所撰寫的內容。（英文）摘要通常不超過 250 個字，因此你需要仔細考慮用哪些字詞來描述你的作品，以及用多少字來描述每個部分。撰寫摘要的一種方法是將「緒論」和「結論」複製到一個新文件中，然後查看總字數。你通常會發現字數超標，這時就需要開始刪減字數以達到要求。不過，有時你能用

的字數只有 150 字。例如,以下是本書摘要的 150 字範例:

> This book gives advice to students in higher education on how to structure a thesis, report or paper. Using a generic structure of seven sections, this book demonstrates how to arrange a thesis, report or paper, leading to a more straightforward writing process so that supervisors and examiners can focus on the content of the student's work. Drawing on almost two decades of supervision experience, the author provides advice on how to avoid common mistakes that are made by those new to writing theses, reports and papers in higher education. Tips, tricks and best-practice examples are provided throughout the book. Finally, the book provides a template for structuring a paper.
>
> *110 words*

本書為高等教育學生提供撰寫論文、報告或研究文章的結構建議。基於七個部分的通用結構,呈現如何安排論文、報告或研究文章以簡化寫作過程,使指導教授和審查者能專注於學生作品的內容。作者結合近二十年的指導經驗提供建議,幫助學生避免初次撰寫論文、報告或研究文章時常見的錯誤。全書穿插了提示、技巧及最佳實踐範例。最後,本書還提供了一個結構化論文的範本。

你所撰寫的論文、報告或研究文章類型會影響論文中哪些部分需要更加強調。例如，若你把論文重點放在方法論和方法上，那麼就可以在摘要中使用更多的字數來描述這部分。假設這本書專注於如何為學期報告建立結構，則摘要可能會如下所示，字數恰好為 100 字：

This book focuses on how to structure a semester paper. The book uses a structure of seven sections to provide students with a straightforward way of integrating questions of methodology and method throughout their paper. The characteristics of a specific Methodology and Method section are presented, along with ideas for alternative paper structures that separate philosophy of science from the practical methods used in real-world investigations. An emphasis is placed on the impact of the chosen methodology and method on the structure of the entire paper, together with the importance of understanding the paper as one, integrated piece of writing.

100 words

這本書著重於如何結構化一篇學期論文。書中以七個部分的結構為基礎，為學生提供了一種將方法論和方法問題整合到整篇論文中的簡單方法。另詳細闡述具體的「方法論與方法」部分的特點，以及將科學哲學與實際應用於現實研究的方法分開的其

他類型論文結構的想法。本書強調所選方法論與研究方法對整體論文結構的影響,並指出理解論文作為一個整體、統一的寫作的重要性。

或者,如果你撰寫的論文、報告或研究文章是為了實務工作者,那麼摘要更應該著重於研究的實務意涵。如果這本書是以如何為商業組織建立報告結構的實務意涵為重點,其摘要可以如下呈現(不超過 100 字):

This book focuses on how to structure a report for a commercial organisation. Using a generic structure of seven sections, this book provides practitioners with a straightforward way to develop a report that is laid out clearly, contains all of the information necessary, and can be used in multiple situations, from an executive summary to comprehensive strategy proposals based on rigorous research within target markets. Drawing on almost two decades of writing experience, the author provides a template for a report structure using practical examples, giving tips, tricks and advice on how to avoid common mistakes.

96 words

本書專注於如何為商業組織結構化報告。藉由七個部分的通用結構,為實務工作者提供了一種簡單明瞭的方式來設計報告,確保報告結構清晰、包含必

要資訊,並可用於多種情境,例如從執行摘要到基於目標市場深入研究的全面策略提案。本書作者以近二十年的寫作經驗為基礎,提供了一個實用的報告結構範本,並結合實例,分享避開常見錯誤的小技巧與建議。

如你所見,上述三個簡短的摘要都適用於本書,只是側重點有所不同。當然,作為一名高等教育學生,你最熟悉的應該是第一個摘要。然而,當你撰寫某門課的特定報告或文章時,可以參考第二個摘要來建立適合該課程的結構。最後,當你畢業進入職場後,還可以回顧本書以獲取靈感,用於撰寫你將要開始的報告。相當實用,對吧?

關鍵詞

關鍵詞通常不是撰寫論文、報告或研究文章的必要部分,但了解關鍵詞的意義、目的以及如何選擇它們仍然很重要。關鍵詞的本質就是——關鍵的詞彙,用來理解你所撰寫內容的核心概念。這些關鍵詞將供其他人在搜尋特定主題的資訊時使用,而你的論文、報告或研究文章——特別是論文——有可能會出現在學術文獻資料庫的搜尋結果中。然而,有時你可能被限制只能提供三

個關鍵詞,因此必須謹慎選擇。一個關鍵詞並不一定僅限於單一詞語——關鍵字可以由多個詞組成。例如,以下是本書的三個可能關鍵字詞:

- Thesis structure 論文結構
- Report writing 報告寫作
- Structuring a paper 結構化論文

如你所見,這些關鍵詞概括了本書內容的大致描述——不要過於具體,因為搜尋你論文、報告或研究文章的人可能對其細節一無所知。你需要提供足夠的線索讓他們能找到你的作品。關鍵詞通常與標題和摘要一同使用;在資料庫中,潛在的讀者會搜尋關鍵詞,吸引他們注意的是你的標題,而摘要則告訴他們你的內容是否與他們的需求相關。

向合作機構報告

有些論文、報告或研究文章是在機構實習之後完成的,或者是當機構願意提供協助,例如允許訪談員工、提供數據存取權,或是其他協助的情況下撰寫的。如果是這種情況,那麼表達對他們提供協助的感謝是很重要的,畢竟,若非他們的協助,你的論文、報告或研究文章可能無法如此出色。這時,你應該做到以下兩點:首

先，在論文、報告或研究文章中感謝機構的協助。這可以放在首頁的註腳中，或者放在專門的「致謝」(acknowledgements) 部分,撰寫這段感謝文字僅需片刻，但卻能表達對他們提供協助的誠摯感激。此外，**提供論文、報告或研究文章的副本**，附上一份簡短報告或執行摘要，向機構說明你的研究過程、結論以及針對機構的建議。同時，隨附一封感謝信表達謝意。這些舉措非常簡單，但卻屬於基本的禮貌，也能展現你是一個具備良好素養的人，使人留下良好的印象。

此外，你還可以撰寫兩份對該機構更有用的文件：「簡短報告」和「執行摘要」。簡短報告應採用本書介紹的通用報告結構,但需根據機構的需求調整各部分的比重，特別是要更加強調結論的實際應用層面。執行摘要則更加簡潔，最多三頁。內容應包括：簡要撰寫前言；簡述理論、模型或概念；說明研究過程及結果或發現；最後以條列方式呈現對機構的實際應用建議。對於機構而言，執行摘要中這部分的內容可能是最重要的。更進一步說，這甚至可能讓你在學業結束後受聘於該機構，以協助實現你的建議。

不過，在向機構報告時，有兩個問題需要考慮。首先，如果你曾訪談過一些員工，你很可能已經將他們的評論做匿名處理。這對於評分你的作品的人通常不是問題，因為他們不太可能受雇於與你合作的機構。但對於

該機構的員工來說，可能很容易猜出誰說了什麼，這可能會引發問題。因此，即使你抱持最好的意圖，並向每位受訪者承諾匿名，最好還是要提供一份專門的簡短報告，而不是直接分享你的完整論文、報告或研究文章，機構依然可以從簡短報告和執行摘要中獲益。

第二個問題涉及保密性。如果你在研究過程中曾與多個機構合作，那麼向每個機構回報就會更加複雜。你不能將完整的論文、報告或研究文章提供給所有協助過你的機構，因為這可能洩露商業機密，並可能導致未來的學生無法從這些機構獲取數據。在最糟糕的情況下，還可能引發對你的法律行動。如果有疑慮，請務必向你的指導教授詢問意見！

檢查清單

詢問你的指導教授

- 如果你曾接受某家公司協助，請向指導教授尋求撰寫回報內容的建議；
- 如果對保密問題有疑問，務必詢問指導教授。

注意事項

- 記得本書提供的結構只是一般框架——你的論文、報告或研究文章可能需要採用不同的結構；

- **務必**向協助過你的機構回報；
- **務必**仔細考慮你的標題,特別是當你自己決定標題時——這很重要。

常見錯誤

- 標題過長或過短；
- 標題和關鍵詞未能反映文本內容；
- 未遵循指導教授的建議。

CHAPTER 14

Epilogue

結語

此時，你應該已經完成了論文、報告或研究文章的撰寫——做得好！在享受應得的休息之後，不妨反思一下這次撰寫的過程。從學術的角度來看，你從中學到了什麼？從過程的角度來看，你對學術寫作有什麼新的理解？下次會有什麼部分想要改進？這些反思非常重要，因為它們將對你下一次撰寫作品非常有幫助。在本書的背景下，適合提出的問題是：本書所介紹的結構是否讓你撰寫論文、報告或研究文章的過程變得更加簡單？

你可能剛開始高等教育的學習，希望你能在撰寫其他報告和文章時，靈活運用本書的寫作結構，並根據每門課程的主題或你與指導教授認為必要的方式進行相應的調整。我在本書結尾想強調的是：如果你有不確定的地方，請務必詢問你的指導教授。將這本書展示給他們，作好他們可能會說「我不同意書中的建議」的準備，

DOI: 10.4324/9781003334637-14

然後按照他們的建議進行操作。畢竟，他們是引導你完成論文、報告或研究文章的人。

你也可以思考如何在本書的建議、指導教授的建議以及你自己的想法之間取得平衡——這是一項重要的技能，當你完成高等教育後進入職場，這項技能依然會持續派上用場。例如，如果你的經理要求你撰寫一份關於行銷策略實施的報告，那麼你不應過度強調方法，儘管你可能仍需要在報告中提及。關鍵問題是：誰會閱讀我的報告？他們為什麼要閱讀我的報告？他們希望如何使用我的報告？

總而言之，我可以保證，在開始撰寫論文、報告或研究文章之前先制定一個清晰的架構，將使整個寫作過程變得更簡單明瞭。雖然這並不會讓撰寫過程變得更輕鬆，因為那取決於你的能力和主題，但結構化確實能使寫作過程更加條理清晰。你可以利用本書提供的技巧、建議和模板來建立這樣的清晰結構，請記住：聽取所有建議，然後忽略其中的三分之二——但絕對不要忽略指導教授的建議！

祝好運！

Index

abstract 摘要 130–134
acknowledgements 致謝 136
aim 目標 15–23; compared to motivation 與動機的比較 31–32; example 範例 19, 30
analysis 分析 63–68; compared to discussion 與討論的比較 75–76; example 範例 64; relationship to implications 與影響的關係 83
appetiser 開場白 15–20, 29–31; example 範例 16–18, 29–30
areas of interest 研究興趣領域 38–42

balance 平衡: and number of references 與參考文獻數量 97; and prioritizing content 與優先考慮的內容 7, 35, 38; and prioritising sections 與確認優先順序 7–9
bibliography 參考書目 100–104

conclusion 結論 87–91; compared to Introduction 與緒論的比較 20, 87–93; example 範例 88–91, 93

delimitations 研究範圍限制 24–27; and reflections 與反思 81–82
discussion 討論 74–76; compared to findings 與研究發現的比較 74–76; example 範例 74–78; quotes 引述 74–75
executive summary 執行摘要 135–137
external organisations 外部組織: confidentiality issues and: 保密問題 71, 136–137; reporting back to 向（外部組織）報告 135–137

findings 研究發現 69–73; and discussion section 與討論部分 (see discussion); example 範例 74, 89–91, 93; quotes 引述 71–73
fonts 字體 105–108
formatting 格式化 105–114
future research 未來研究 82–85; suggestions for 建議 81–82

hypotheses 假設: development of 發展 33–35, 38–40; examples 範例 39–40, 65, 66; in quantitative investigations 在量化研究中 59–60

implications 影響: integrating with limitations and future research 整合限制與未來研究方向 82–84, 111; for practitioners 對於實務界 80–81, 132–133, 136; for researchers 對於研究者 80
interviews 訪談: confidentiality issues in 保密問題 136–137; transcripts 訪談紀錄 45, 71, 72
introduction 緒論 15–32; abstract 摘要 130; compared to conclusion

Index 143

與結論比較 (see conclusion); example 範例 29–31; six elements 六個要素 15–16

keywords 關鍵詞 128, 134–135

language 語言 109–113; abbreviations 縮寫 38; use of 'I' or 'we' 使用「我」還是「我們」108
limitations 限制 79, 82–84; compared to delimitations 與研究限制比較 (see delimitations); in the Reflections section 在反思部分 79, 82–84
literature overview 文獻綜述 33–42; compared to formal literature review 與正式的文獻回顧比較 33–34, 117–118

method 方法 43–58; compared to methodology 與方法論比較 43–44, 47–50, 56; description of （方法）的描述 50–51
methodology 方法論 43–58; compared to method 與方法的比較 (see method)
mistakes 錯誤: correction of in oral defence 在口頭答辯中修正 119–121; in language and formatting 語言與格式錯誤 92, 109, 113; in reflections 在反思部分 80–81
motivation 動機 15–16; compared to aim 與目標相比 (see aim); example 範例 19–20

oral defence 口頭答辯 119–121; dialogue with examiners 與評分者對話 54, 121; as extension of thesis, report or paper 作為論文的延伸 46–47, 115–116, 119; preparation for 做準備

120–121

plagiarism 抄襲 99

qualitative investigations 質性研究 69–78; areas of interest 研究興趣領域 38–41 discussion 討論 74–78; findings 研究發現 69–73; relationship to Methodology and Method section 與方法論和方法部分的關係 44–45, 70–73; transcripts 訪談紀錄 45, 70–73
quality criteria 品質標準 50–53; examples 範例 53–57; importance 重要性 50; in qualitative investigations 在質性研究中 45, 52–53, 55; in quantitative investigations 在量化研究中 51–52, 61–62
quantitative investigations 量化研究 59–68, 117; analysis 分析 63–65; relationship to Methodology and Method section 與方法論和方法部分的關係 44–45, 47–55; results 結果 60–63
quotes 引述 71–73; in discussion 在討論中 74–75; in findings 在研究發現中 71–73; presentation 呈現方式 70–73

references 引用 97–103, 105; examples 範例 100–103; presentation 呈現格式 100, 109–110; quality 品質 98–99
reflections 反思 79–85; example 範例 83; linking implications, limitations and future research 連結研究影響、限制與未來研究方向 82–84
rereading the thesis, report or paper 重新閱讀自己的（論文）作品 88

research question 研究問題 20–24; examples 範例 20–23, 25–26; formulation 構成 2–4, 15–16, 19–24; secondary 次要研究問題 23–24

results 結果 51–52, 58–63, 67; compared to qualitative investigations 與質性研究比較 69–70, 90; relationship to analysis 與分析的關係 59, 63–65

'so what?' question, the supervision 「所以呢？」問題，指導風格 3–5, 13–14, 79

text fonts 文本字體 107
titles 標題 128–129; for figures, diagrams and tables 針對圖表、圖示和表格 108; integration of with keywords and abstract 關鍵詞和摘要的整合 134; section titles 各部分標題 67, 110, 117; subtitles 小標題 65; types 風格 110
top-down processing 由上而下的處理 111
types of research 研究方法: abductive 溯因法 50; inductive 歸納法 49; deductive 演繹法 49; difference between qualitative and quantitative research 質化和量化方法的差異 49, 69

國家圖書館出版品預行編目(CIP)資料

從零開始架構學術論文、報告或研究文章/Robert P. Ormrod 作；
貝塔語測中心譯. -- 初版. -- 臺北市：波斯納出版有限公司, 2025.04
　面；　公分
譯自：How to structure a thesis, report or paper : a guide for students
ISBN 978-626-7570-13-5(平裝)

1.CST: 論文寫作法

811.4　　　　　　　　　　　　　　　　　　　　　　　　114002019

從零開始架構學術論文、報告或研究文章

....

作　　者 / Robert P. Ormrod
譯　　者 / 貝塔語測中心
執行編輯 / 朱曉瑩
出　　版 / 波斯納出版有限公司
地　　址 / 臺北市 100 館前路 26 號 6 樓
電　　話 / (02) 2314-2525
傳　　真 / (02) 2312-3535
客服專線 / (02) 2314-3535
客服信箱 / btservice@betamedia.com.tw
郵撥帳號 / 19493777
帳戶名稱 / 波斯納出版有限公司
總 經 銷 / 時報文化出版企業股份有限公司
地　　址 / 桃園市龜山區萬壽路二段 351 號
電　　話 / (02) 2306-6842

....

出版日期 / 2025 年 4 月初版一刷
定　　價 / 460 元
I S B N / 978-626-7570-13-5

....

How to Structure a Thesis, Report or Paper--A Guide for Students By Robert P. Ormrod /
9781032369464　Copyright © 2023 Robert P. Ormrod
Authorised translation from the English language edition published by Routledge, a member of the Taylor & Francis Group.
All Rights Reserved.
Posner Publishing Co., Ltd is authorized to publish and distribute exclusively the Chinese (complex Characters) language edition. This edition is authorized for sale worldwide excluding mainland China. No part of the publication may be reproduced or distributed by any means, or stored in a database or retrieval system, without the prior written permission of the publisher.
Copies of this book sold without a Taylor & Francis sticker on the cover are unauthorized and illegal. 本書封面貼有 Taylor & Francis 公司防偽標籤，無標籤者不得銷售。

貝塔網址：www.betamedia.com.tw
本書之文字、圖形、設計均係著作權所有，若有抄襲、模仿、冒用情事，依法追究。